帰艦セズ／目次

文春文庫

帰艦セズ

吉村昭

文藝春秋

単行本
昭和六十三年七月　文藝春秋刊
本書は平成三年七月に刊行された文庫の新装版です。
DTP制作　エヴリ・シンク

帰艦セズ

鋏《はさみ》

一

車がゆるい傾斜の坂をのぼり、長い橋にかかった。

座席にもたれていた手島は、温気《うんき》でくもった窓ガラスを掌《てのひら》でぬぐい、川原を見おろした。小雨程度ではプレーをする者がいるというが、さすがに広い河川敷を利用したゴルフ場に人の姿はない。薄絹のカーテンが垂《た》れたように、雨でかすんでいる。黒い合羽《かっぱ》をつけた男が、釣竿を手に川岸を歩いているのがみえた。

手島は、背広の内ポケットから小さな写真を取り出した。ポロシャツ姿の痩《や》せた少年が、家の戸口に立って写っている。十七歳だそうだが、年齢の割に背が高い。笑みをふくんだ表情は、どことなく淋しくみえる。眉と眼との間隔がせまいところは、たしかに片桐に似ている。

かれは、写真をポケットにもどしながら、これで厄介《やっかい》な役目は終り、今後、片桐の妻の実家におもむくためにこの橋を渡ることはないのだ、と思った。

かれは、眼をとじた。

慣例をやぶって身許引受人になったのは、やはり好ましいことではなかった、と、悔《く》いに似たものを感じた。引受けることさえしなければ、片桐の妻の父親に二度も会いに行く必要はなかったし、頭をさげたりすることもなくすんだのだ。

篤志《とくし》面接委員になって二十数年が経過したが、これまで面倒なことにも巻きこまれず仕事をつづけてこられたのは、拘置所側のさだめた不文律ともいうべき約束事があったからであった。受刑者は、釈放された後、世話をしてくれた委員に迷惑をかけぬよう接触してはならぬという定めであった。

釈放された者も、そのことは十分に承知しているが、稀《まれ》にはなつかしさや甘えの感情から訪れてくる者もいる。手島は会うことはしても、再びやってくることのないようおだやかな口調でたしなめる。民間人からえらばれた委員は、それぞれに社会人としての仕事をもち、手島にしても息子に実務はまかせているが会社の経営を見守らなければならぬ立場にあり、それらの釈放者に一々応接する時間的余裕はない。礼状が来ても返事は書かず、物が送られてくると包みもとかず送り返す。

五年前に面接委員長に就任した手島は、拘置所の依頼で専《もっぱ》ら死刑確定者と無期刑で服役している者の世話をしている。殊に死刑確定者との接触に重点がおかれ、かれらの情緒安定をはかるため宗教家や俳人、歌人などの委員とともに、交替で面接にゆく。仏壇のおかれた部屋で会うが、時には房に入ることもある。

かれは、どうだ、元気かね、と気軽に声をかけ、手をにぎる。それがかれらには嬉しいらしく、いつまでも手をはなさない。手島は、先生または親爺さんと呼ばれていた。

手島が暇をみつけては拘置所へしばしば足をむけるのは、自分のくるのを待ちこがれているかれらの眼の輝きを見たいからであった。手をにぎったまま手島の口にする一語一語に、はい、はいと答えるかれらとすごす時間に、生き甲斐《がい》のようなものすら感じ、果物や菓子などを手に月に数度は拘置所の門をくぐる。その間に、死刑執行にも二度立会った。

それらの者の生い立ち、家族状況、罪の内容について拘置所側にたずねれば教えてくれるが、かれは、問わぬことを信条にしている。かれらの懺悔《ざんげ》をきき精神的な教導をするのは宗教家の仕事で、自分はかれらと単純に人間同士として接したい、と考えていた。それには、かれらの過去を知るのはいたずらな先入観をもつことになり、ふれ合う上でさまたげになる。かれらの中には、すべてを知ってもらいたいと思う者もいて、殺害方

法などについて突然口にしたりすることもあるが、手島は、

「そんなことはどうでもいいじゃないか。景気のいい話をしろや」

と、手をふり、話題を変えさせるのが常であった。

片桐についても、無期という刑量から一人以上の人間の生命をうばったにちがいないと察しているだけで、身の上その他をきく気もない。ただ、片桐が構内作業で得た報奨金で好んで技術書を購入しているのに気づき、それについて問うたことから、鉄道の鉄橋の設計技師であったことを知ったにすぎなかった。

かれの世話を引受けたのは三年前だが、昨年末頃から落着きを失っているのに気づくようになった。面接室で話をしていても、眼を宙にむけ生返事をしたりする。手島が会いに行っても、以前のように喜びの表情をみせることも少くなった。

面接委員としては見過すわけにはゆかず、それを所長につたえたかれは、仮釈放のことが片桐の気持を不安定にさせているのを知った。無期刑の収容者は、服役中に違反をおかしさえしなければ、服役後十二、三年たつと刑の執行停止による仮釈放検討の対象になる。通常は、それから三、四年経過して釈放されるが、片桐の場合はすでに十五年間をすごし、これと言った違反行為もないので、仮釈放の資格はそなえていた。

その手続きを進めるには、身許のたしかな者が引受人になることが条件とされていた

が、かれには該当者がいなかった。戸籍謄本にはかれの名だけが記載されていて、親類縁者との縁は断たれ、引受ける知人もいない。他の無期刑の者たちが肉親をはじめ適当な者を引受人に出所してゆくのを見てきた片桐は、かなり苛立っているらしい、という。

手島は、片桐の身の上を気の毒に思ったが、自分の役目は片桐が所内で安らかに日を送るようにさせることで、釈放されるか否かは片桐と拘置所の問題であった。かれは、深入りするのを避け、その後、片桐と面接してもそれについてはふれぬようにし、所長との間でも再び話題にすることはしなかった。

都心のマンションに住む手島は、週末に三浦半島の高台にある別荘で妻とすごしていた。庭のはずれにある東屋《あずまや》からは海が望め、往き交《か》う大小さまざまな船の動きをながめていると気持が安らぎ、妻は茶室で点前《てまえ》をするのを楽しみにしていた。

三カ月ほど前の土曜日の朝、拘置所の所長から別荘に電話があった。折り入って頼みたいことがあるので、月曜日に会社に行くが、都合はどうかという。手島は、これと言って用事もなかったので承諾した。

月曜日の朝、迎えの車に乗って会社に行くと、所長は拘置所の総務課長とともにすでに応接室で待っていた。

挨拶が終ると、所長は、片桐のことですが……と言って、すぐに用件を口にした。

片桐が所長に会いたいと希望しているという報告を担当の刑務官からうけたので、所長は、金曜日の罷業《ひぎょう》後に面接した。

片桐は、仮釈放について可能性があるかをただし、所長は、資格はあるが身許引受人がいないので手続きを進めることができない事情を告げた。

所長が言葉をきると、片桐は不意に床に膝《ひざ》をつき、手島に引受人になってくれるよう頼んで欲しい、と頭を何度もさげた。所長は、篤志面接委員に迷惑をかけぬために、出所者には接触を禁じているという原則があることを口にし、希望にはそわれぬ、とつたえた。

片桐は、規則は十分に承知しているが、身寄りもないので頼むだけでもして欲しい、と哀願した。

所長は、片桐の願いも無理はないと考え、拘置所の幹部職員と話し合って矯正局長の意向をただした結果、特例として一応手島に頼んでみることになったという。

「二度とこのようなことはお頼みしません。片桐は出所したいの一心から考えついたのでしょうが、なんとか望みをかなえてやりたいと思いまして……」

所長は、口ごもりながら手島の表情をうかがった。

想像もしていなかった申出に、気分が重くなった。引受人になれば、当然、自分の生活圏にかれを引き入れねばならない。

会社の寮に入れて働かせることも考えられるが、隔絶した拘置所ですごした長い空白は深刻で、いちじるしく変化した社会環境になれるには多くの時間が必要だろう。従業員たちには、片桐の社会復帰に心を配ってくれるよう頼むことになるが、かれらはそれを頭では理解しても、無期刑に相当する重い罪をおかしたことを意識しないはずはなく、そのような空気の中に片桐を入れることもはばかられる。

別荘の留守番に雇《やと》うのはよいかも知れぬ、と思った。週末には、近くに住む六十年輩の女が家事をするために通ってきてくれているが、それ以外の日は無人になる。無用心といえば無用心で、片桐を住まわせ、庭の草採りや掃除をしてもらってもいい。面接委員の代表者として、所長の依頼をむげにことわることもできかねた。

「家に入れることになるわけですから、私の一存では即答できかねます。家内の気持もききませんと……」

厄介なことになったと思いながらも、手島は答えた。

その夜、手島が話を切り出すと、予想した通り妻は、表情をくもらせた。面接委員の仕事は公けの社会奉仕で、私生活とは一線を画すと手島が口癖のように言っている言葉をあげ、約束がちがう、と言う。

手島は、感情が激し、

「可哀想だと思わんか。十五年以上も獄房に押しこめられていた男だ。私が断われば、なおも房の中にいなければならない。出所したいという男の気持を察しろ」

と、言った。

妻は、少しの間、黙っていたが、

「わかりました。いいようになさって下さい」

と、少し拗《す》ねたような眼をして答えた。

翌朝、所長に承諾の旨《むね》をつたえると、片桐の仮出所の手続きが敏速に進められ、保護局の斡旋《あっせん》で保護司もきまった。その間、手島は何度かそのことで所長と話し合い、片桐にも会った。片桐は、眼に涙をうかべ、繰返し礼を言っていた。

二カ月前の小雨の降っている朝、手島は、社員の運転する車で拘置所におもむいた。

九時すぎに、整髪し髭《ひげ》も剃《そ》った片桐が、担当の刑務官にともなわれて所長室に入ってきた。ズボンは服役時にはいていたものらしく裾《すそ》の広い古びたものだったが、黄色いジャンパーと黒い靴は新品で、風呂敷包みをかかえていた。

所長が、机の前に立って仮釈放の祝いの言葉を口にし、社会人として平穏な生活をするようにと訓示して仮釈放証書を手渡した。

手島は、片桐を連れて車に乗った。所長が庁舎の入口までついてきて、見送ってくれた。雨はやんでいた。

車は、門を出て川ぞいの道を走り、橋を渡って高速道路に入った。上り車線は渋滞していたが、下り車線はすいていてかなりの速度で進んだ。

片桐の眼には驚きの色がうかび、車窓を後方に動いてゆく高層建築を見つめたり、トンネルの側壁につらなるオレンジ色の燈《あかり》を背をかがめて見上げたりしている。

手島は、あらためて十五年余の歳月の重みを感じた。拘置所の塀の内部ですごしてきた片桐の眼には、おびただしい車の数や街のたたずまいが異様なものに映っているのだろうし、高速道路を車でゆくことも初めての経験なのだろう。所長は、片桐が服役中作業で得た報奨の貯金が四十八万円弱だと言っていたが、金銭価値は大きく変動していて、それが決して大金ではないことを遠からず知るはずであった。手島は、片桐がどのように生きてゆくのか心もとなかった。

やがて車は高速道路からおり、信号で停止することをくり返しながら商店街をぬけ、家並の間を進んでゆく。それらの情景も珍しいはずだったが、片桐はいつの間にか窓外に眼をむけることはせず、視線を膝に落していた。

海が見え、車は、両側に樹木のつづく曲りくねった坂をのぼり、垣根にかこまれた別荘の門を入って停った。

　車からおりた片桐の顔を見た手島は、

「どうしたね」

　と、声をかけた。

　顔が青く、唇が乾いている。眼に弱々しげな光がうかんでいた。

「少し気分が悪くなりまして……」

　片桐は、額《ひたい》に手をおくと風呂敷包みをかかえてうずくまった。髪に白いものがまじり、細い首筋に骨が浮き出ている。

　車に縁のない日を送ってきたため乗物に酔ってしまった片桐が、哀れに思えた。片桐は、しきりに額をさすり、唇をなめている。

　手島は、その場に立ったままかれの姿を見下していた。

　その日から、片桐は、手島の別荘で寝起きするようになった。

　手島は、妻が片桐にどのような態度をとるか危ぶんでいた。が、若い頃から手島を支えて多くの従業員に接することをつづけてきた妻は、片桐をいとう風は少しもみせなかった。片桐に仮釈放の身であることを意識させぬようさりげない態度で接し、遠慮なく用事を言いつける。茶簞笥《ちゃだんす》の小曳出《ひきだ》しに財布を入れ、留守をする間、集金人が来た時には支払いをすることを頼んだりしていた。片桐は、はい、はいと答え頭をさげるが、顔は無表情に近く、なにを考えているのかわからなかった。

長い拘置所での生活が片桐にどのような影響をあたえているか、手島はひそかにうかがっていた。所内では、調理場から房にはこぶ間に食物が冷えてしまうので、出所者は熱いものを口にしたがるという。が、片桐にはそのような様子はなく、通いの女が作ったものを正坐して食べ、手島が別荘をはなれている間も、あり合わせの物で簡単な食事を作っているようだった。

しかし、拘置所での生活の習性は、そのまま尾をひいて残されていた。

片桐は、初めの頃、手島と歩く時、いつの間にか先に立って歩き、戸が近づくと体を横にずらせて足をとめ、手島があけるのを待つ。その動きをいぶかしく思ったが、所内で見なれた情景であることに気づいた。収容者は、刑務官の前を歩くことが義務づけられ、扉の前にゆくと、刑務官がそれをあけてから中に入る。片桐の体は、無意識にそのような動き方をしているのだ。

片桐が別荘の戸締りに神経質になっているのも、それに類したものであった。かれは、雨戸をはじめ台所、浴室、手洗いなどの窓をしらべ、錠の不備や二重錠にすることを真剣な表情で忠告した。所内で盗みを常習とする収容者から手口を耳にしていたからで、それを手島は素直にきき入れ、なじみの工務店の者を呼んで指示通りに補強させた。

片桐は、月に二回保護司のもとに行って現在の生活状態を報告していたが、それ以外には外出せず、門の外に足をふみ出すこともしない。かれには、いつの間にか定められた空間の中に身をおくことに、安らぎを感じる意識が身についているようだった。

半月ほど前、庭で盆栽いじりをしている手島のかたわらに、片桐が立った。手島は、なにか話したいことがあってやってきたと察し、

「なんだね」

と、盆栽に眼をむけたまま声をかけた。

「妻は、事件があって間もなく自殺しています」

片桐が、思い切ったような口調で言った。

「それが、どうしたというのだね」

手島は、鋏《はさみ》の動きをとめなかった。

片桐には事件にまつわるいまわしい過去があるはずだが、それを知ったところでどうにもならない。からみ合った蔦《つた》のような家族関係にもふれたくはなかった。

「今まで身許引受人になってくれる身寄りはいないと言ってきましたが、実は、妻の父が生きております。私と妻の間にできた子供も、そこで養育されておりまして……」

手島は、息をついて腰をのばし、しばらくの間、黙っていた。むろん所長は、そうした事情を知っているのだろうが、義父であったその男が娘を自殺に追いやった片桐の身許引受人になるはずはなく、考慮することさえしなかったにちがいない。

「子供は男かね。それとも女か」

手島は、片桐に顔をむけることもせずたずねた。

「男です。生れて間もなくでしたから、十七歳になっております」

手島は、かすかにうなずくと、盆栽棚のかたわらをはなれ、家の方に歩いた。片桐が、後からついてくる。

縁側に腰をおろした手島は、鋏を置き、庭の奥に眼をむけた。

「そんなことを今になって話してどうなるというのだね」

かれは、素気《そつけ》ない口調で言った。

片桐が顔を伏《ふ》し、

「いつまでも先生のところに御厄介になっているわけにもゆきませんし……。妻の父は私の上司で、心の温い方です。身許引受人になってくれるのではないかと思うようになりまして……」

と、低い声で言った。

「それは無理だろう」

手島は、すぐに答えた。四十歳を越えているのに稚《おさな》い男だ、と思った。義父にしてみれば、自分の娘の生命をうばったに等しい片桐に激しい憎しみをいだいているはずで、身許を引受けるなど論外であろう。

かれは、片桐に眼をむけた。収容されていた時とはちがって、庭で掃除をしたりなどしているので顔の皮膚は浅黒く、肉づきもよくなっている。このまま老いるまで留守番をさせるのは気の毒で、なにか生きる手だてを探してやりたかったが、それも成行きにまかせるべきだ、と思った。

「いろいろ考えることもあるだろうが、まだ出所したばかりではないか。先行きのことはのんびりときめればいい。私の所にいるのを遠慮などする必要はない」

かれは立ち上ると、庭下駄をぬいで縁側にあがった。

片桐は、無言で立っていた。

次の週末に妻と別荘に行った手島は、出迎えた片桐が思いつめたような眼をしているのに気づいた。

手島は、素知らぬ風をよそおって、いつものように通いの女が立ててくれた風呂に入り、和服に着替えて居間の縁側に腰をおろした。庭の緑は濃さを増し、鉢から土に移した。


た鉄線の白い花が咲いている。かれは、ライターで煙草《たばこ》に火をつけた。

襖《ふすま》が静かにひらく音がし、顔をむけると、白いシャツを着た片桐が廊下に正坐してい
「いつまでもこちらにお世話になっているわけにもゆきませんし……」

手島は、片桐が義父のことについて考え、自分がくるのを待っていたのを感じた。

「そのことは、遠慮しないでいいと言っただろう」

手島は、庭に視線をもどした。

「私は、妻の父に見こまれて妻と結婚したのです。過去のことをわびさえすれば、引受人になってくれるような気がします。私のことは気に入ってくれていたのです」

それは事件以前のことだ、と言ってやりたかったが、片桐を刺戟することになると考え、口をつぐんでいた。片桐は、罪をおかさぬ前から単純な考え方しかできない男だったのか、それとも長い拘禁生活で人の気持を推しはかる能力を失ってしまったのか。

「それほどに思うなら、手紙を出して頼んでみたらどうだね」

手島は、煩《わずら》わしくなった。

「それも考えましたが、私よりも先生に言っていただいた方がいいように思います。妻の父は七十二歳で、先生とほとんど変りのない年齢です。気持が優しく人の面倒をよく

みる仏様のような人柄で、社会的地位のある先生が頼んで下されば、引受けてくれるのではないか……と」

「私がかね」

手島は、苦笑した。

服役中、片桐は、衣食を拘置所から支給され、定期的な健康診断もうけ、受動的な生活になじんできた。面接委員もかれの相談相手になり、希望する食物その他を許される範囲内であたえた。引受人になった自分が、義父と交渉してくれるのも当然のことと考えているのかも知れなかった。

義父と子が健在なのを、片桐はなぜ知っているのだろう、と思った。文通などしているはずはなく、おそらく家族調査を怠《おこた》らぬ拘置所の職員からきいたにちがいない。

かれは、鉄線の花に視線をのばした。

妻は、苦情めいたことは一切言わぬが、片桐を別荘においておくのを快く思っていないことはあきらかだった。また片桐の将来を考えても、いつまでも別荘にとどめておくのは好ましいことではない。髪が伸びたので理髪店に行くようすすめたが、外に出るのが不安らしく、鋏で髪の先を切ったりしてすませている。別荘は、身をおくことになれた拘置所の延長のような場所でもあるのだろうか。

一日も早く社会の空気になじみ、自分の生きる道を見出すことが望ましい。もしも義父が、片桐の言うように引受人になってくれたとしたら、かれの世界は大きなひろがりをもつ。確率はほとんど期待できないが、一応あたってみるべきかも知れない、と思った。

「世の中というものは、思い通りにゆきはしないのだ。しかし、そのひとがただ一人の身寄りというのなら、話すだけはしてみよう。と言っても、決してあてにしてはいけない。いいな」

手島は、きつい口調で言った。

片桐は、両手をつき、頭を深くさげた。

車が橋を渡り、坂をくだると古い家並の間の道に入った。

宿場町であったらしく、白壁に黒い瓦《かわら》屋根のがっしりした家が、新しいつくりの家々の間にはさまり、壁のはげ落ちた土蔵もみえる。せまい道に車がつらなり、動くかと思うとすぐにとまる。ようやく信号のある角を左折し、広い道に出て、車は速度をあげた。

手島は、片桐の妻の父の顔を思いうかべた。

三日前に車で探しあてたその家は、駅からかなりはなれた畠や空地の所々にみられる地にあった。小ぢんまりした家で、せまい庭の半ば近くが畠になっていて野菜が栽培され、家の後は大きな農家の敷地らしく、生い繁った孟宗竹《もうそうちく》がゆらいでいた。

片桐が仏様のような人だと言っていたが、玄関に顔をみせた義父は、白髪のおだやかな眼をした、年金ででも暮しているような感じの長身の男であった。しかし、名刺を出した手島が、用件を口にすると、男の顔から急に血の色がひき、眼に憤《いきどお》りと恐れの光がうかんだ。

「そんな男は知りません。なにもききたくありませんから、お帰り下さい」

男は、ふるえをおびた声で言うと、障子を荒々しくしめた。

玄関のたたきに立っていた手島は、障子の向う側に男が坐ったままでいる気配を感じ、長い刑期を終えた片桐は罪を十分につぐなったのだから温くうけ入れてやるのが自分たちの務めではないか、と説いた。しかし、男の返事はなく、その場で少しの間立っていた手島は、玄関の外に出た。

別荘にもどって経過をつたえると、片桐は落胆し、頭をたれた。

手島は、

「このままではひかんよ。物事、一度で成るものではない。また行ってみる」

と、言った。

かれは、腹立たしさを感じていた。娘を失った男の気持は十分に理解できるが、訪れていった自分の話もきかず障子をしめた態度は、礼を失している、と思った。篤志面接委員であるとは言え、本質的には片桐と縁もゆかりもないのに妻の反対をしりぞけてまで身柄を引きとっている。それについて、礼の一つも言ってもいいではないか、と思った。

かれは、その日、マンションに車を迎えにこさせると再び片桐の義父の家にむかった。家につく少し前から雨が落ちてきていた。

玄関のたたきに立った彼は、男と向き合った。男は、障子をしめることはせず、視線を落して坐っていた。

話しはじめた手島は、地肌のすけてみえる白髪の男の姿を見つめているうちに、憤りはもとより説得しようとする気持もうすらぐのを感じていた。

男の娘は、事件の衝撃で自ら命を断ったにちがいなく、男は、周囲の者の冷い視線にさらされながら幼い孫をかかえて息をひそめるように日をすごしてきたのだろう。長い歳月が経過し、人の話題になることも少くなり、孫も成長してようやくおだやかな生活をすることができるようになっている。そこに突然、自分が訪れてきて片桐の仮釈放を告げ、引受人になって欲しいと頼んでいる。もしも男が片桐を引受ければ、事件当時のことが土地の者たちの間でむしかえされ、再び平穏は激しくかき乱されるだろう。片桐の子は、母の自殺と事件のことをいつの間にか知るようになっているにちがいないが、祖父との間では互いにふれぬようにしているはずだった。多感な年齢だけに、もしも片桐が眼の前に現われれば、精神的な動揺は大きく、好ましくない行動に走ることも十分に予想される。手島は、男をそのような窮地におとしいれるのは酷だ、と思った。

かれは、言葉を切り、しばらくの間黙っていた。

「お立場はよくわかっているのです。片桐にもよく言いきかせましょう。私も、これきり参りません。ただ、一つお願いしたいことがあります。片桐の親としての気持を哀れと思い、お孫さんの写真を一枚いただけませんでしょうか。片桐もそれを手にすれば、気持が安らぐと思います」

手島の眼に、わずかに涙がうかんだ。

男は、身じろぎもせず坐っている。雨音がするだけの静寂がひろがっていた。

やがて男が立つと、家の奥に入り、すぐにもどってきて黙ったまま写真をさし出した。

手島は、それを押しいただくように受け取り、男に頭をさげて玄関の外に出た。

「会社でよろしゅうございますね」

運転手が、前方に眼をむけたまま念を押すようにたずねた。

「そうしてくれ。それから別荘へ行く」

手島は、内ポケットの写真を意識しながら答えた。

面接委員になって以来、受刑者から頼まれたことは少しでも早くその結果をつたえねばならぬことを知るようになった。受刑者は、そのことのみを考えて時間をすごしている。片桐にはまだ受刑者の意識がそのまま残っていて、義父のもとに再び行った手島からの話を待ちかねているはずで、別荘へゆくのは明朝の予定だが、今日のうちに交渉の内容をつたえ、写真を手渡してやりたかった。

車が料金所をぬけて高速道路にあがった。雨がやみ、雲の一部が切れて、遠くみえるデパートらしい建物とその周辺に陽光がさして明るんでいる。

かれは少し窓をあけ、シートに背をもたせた。

二

その夜、手島は別荘の居間で、経理課長から渡された前月の会社の決算書に眼を通した。

売上げは中元の時期をひかえているので急上昇し、前年同月にくらべてかなりの増加をしめしている。息子は、昨年初めから四国地方に新たな支店を設《もう》ける計画を立て、金融機関の協力も得て市場調査をくり返し、十分に採算がとれると言っている。手島は、終始、経営は石橋をたたいても渡らぬ程の慎重さを必要とする、と息子に強く説いているが、順調な経理状況と扱い品目の食料品卸し販売の先行きが明るいことから考え、秋頃には具体的に支店新設の検討をしてもよいかも知れぬ、と思った。

　廊下で声がし、襖がひらいた。手島は、決算書から視線をはなし、廊下に坐っている片桐に眼をむけ、

「なんだね」

　と、言った。

「今日は、御足労をおかけしました上に成長した息子の写真までいただきまして、ありがとうございました」

　片桐は、頭をさげた。

「剣もほろろというところだった。まあ、仕方がない。写真をくれただけでもありがたいと思わなくてはな。もう、あの人のことは考えるな。迷惑をかけてはいけない」

　手島は、さとした。

はい、と言って、片桐はうなずいた。

手島は、机の上に視線をもどしたが、片桐があらためて礼を述べにきただけではないのを感じ、再び首をまげてかれをながめた。

片桐は視線を落して黙っていたが、顔をあげると、

「今頃になりまして、こんなことを申し上げるのも気がひけますが、私には母がおります」

と、言った。

「母親？」

手島は、思いがけぬ言葉に甲高《かんだか》い声をあげた。

「はい、六十四歳で、元気でおります」

片桐が、再び顔を伏した。

「戸籍には、お前一人しか記載されていないときいていたが……」

「たしかに私一人です。母は、事件後二年ほどしてから父と離婚して籍をはなれ、その後、再婚して福島に住んでおります。私の父は一人でおりましたが、十年前に交通事故で死にました」

片桐は、抑揚の乏《とぼ》しい声で言った。

手島は、片桐の顔を見つめた。身寄りのない孤独な身の上だと言っていたのに、義父

と子がいるし、さらに母も健在だという。拘置所では、母が除籍されているので追跡調査をしなかったのだろうか。

「それで、どうだと言うんだね」

手島は、気分を損ねていた。神妙な態度をとりつづけている片桐が、そのような係累《けいるい》があることを素振りにもみせなかったことに、裏切られたような思いであった。

「私としましては、いつまでもこちらにお世話になりますのも……」

「そんなことはどうでもいい。まさか、母親に身許引受人になってもらいたいとでもいうんじゃないだろうな」

手島は、口早に言った。

片桐は、絶句したように口をつぐんだ。

「それは無理だ。再婚している夫に遠慮があるし、引受人になってくれるはずがない」

手島は顔をしかめた。片桐が幼児のように思え、言葉を交すのも愚《おろか》しかった。

「それが、相手の人は三年前に病気で死んだそうです」

片桐が、口ごもりながら答えた。

手島は、肩すかしをくらわされたような感じがし、思わず笑いをもらした。が、すぐに顔から笑いの表情を消すと、

「どうしてそんなことまで知っているんだね」

と、たずねた。

「電話で母が言っておりました」

「電話？」

「申訳ありません。二度、電話を使わせていただきました。電話代はお支払いいたします」

片桐は、殊勝な表情で言った。

手島は、片桐の顔を見つめた。

片桐が稚いとばかり思っていたが、その裏にはしたたかなものをひそませている。義父が引受人になるなど初めからあり得ないと考え、予想した通り拒否されたことを知ると、ひそかに母親に連絡をとっている。身寄りが皆無だと憐《あわ》れみをこうて自分に引受人になってもらったのは、一日も早く出所するための方便で、腰を落着けてから義父と母への接触を試みようとしたのだろう。むろんそれは拘置所にいた時から考え、企てていたものにちがいなく、手島は利用されていたのを知った。

「すると、再婚相手も死んでいるから、母親が引受けてくれるというのだな」

手島は、どうにでも勝手にすればよい、と思った。

「考えさせて欲しい、と言っていました。再婚した人には男の子が一人いまして、今、三十二歳になっているそうです。一緒に暮しているので、そのひとの諒解を得る必要があるというのです」

片桐の顔に、不安の色がうかび出ていた。

「それで、私にどうしてもらいたいというのだね」

手島は、身がまえるような気持であった。

「母を説得していただきたいのです。行っていただければこれに越したことはありませんが、遠いことでもありますし、電話でも結構です」

片桐の眼が、光っていた。

「それは遠慮するよ。私の出る幕じゃない。母と子の間ではないか。二人で話し合えば結論は出る。そうだろう」

「そうでしょうか」

「私のことなどあてにしたりせず、自分でやってみるのだ」

手島は、これ以上利用されてはたまらぬ、と思った。

片桐は、思案するような眼をして黙っていたが、

「そうですか。それではやれるだけやってみます」

と言って、頭をさげ、立ち上った。

手島は、かれが廊下に出るのを見送った。

三日後の月曜日に手島は車で別荘をはなれ、妻をマンションの前でおろして会社に行った。営業部の事務室では、社員が電話で応対する声がしきりで、通路を歩く者たちもせわしそうだった。

かれは、最上階にある自分の部屋に入ってソファーに坐り、いつものように女子社員の出してくれたコーヒーを飲んだ。やがて来客があり、業界紙の記者が夏から秋の商況見通しの取材に訪れて、写真をとったりした。

午後おそく、同業者の新社屋完成のパーティーがあって出席し、指名されて来賓《らいひん》としての祝辞を述べた。

かれは、会場で人と挨拶を交しながらも片桐のことが気になっていた。片桐は、昨日、福島に電話をかけて長話をしていたが、思わしい結果は得られなかったらしく、暗い眼をし口数も少かった。母親は、後妻の身として片桐を家に入れることは出来にくいはずで、まして死んだ夫の実子がいては不可能にちがいなかった。片桐には義父も実の母もいるが、かれをうけ入れてくれる存在ではなく、実質的には身寄りがないに等しい。

手島は、今後もかれを別荘においておく以外にない、と思った。苛立《いらだ》っていた感情がしずまっているのを感じていた。

夕方、マンションにもどると、妻が、少し前、片桐から電話があったことを告げた。

手島は、着替えを終えると、別荘の電話番号をまわした。

しばらくコール音がつづいてから受話器をとる音がし、片桐の声がきこえた。

「母が引受けてくれました。母がいちぶしじゅうを話しましたら、義弟が得心してくれたそうです。母は泣いていました。弟の恩を一生忘れてはならぬと……。明後日、弟が迎えに来てくれます」

片桐は、泣いているのか声がとぎれた。

「それはよかった。早速、福島へ移る手続きをとってもらえるよう頼んでみる」

予想外の話に、手島の声はうわずっていた。片桐の手を強くにぎりしめてやりたいような気持であった。

受話器をおいた手島は、少しの間その場に立っていた。母親と共に暮すようになれば、心情的にも安定し、適当な仕事を探し出して社会人としての自立もできるようになるだろう。拘置所長をはじめ職員たちも喜んでくれるにちがいなかった。

食堂に行き、食卓に食器を並べている妻に、電話の内容をつたえた。

「お母さんがいたんですか。それならそこに引取ってもらうのが自然ですよ」

妻は、安堵したらしい口調で言うと、台所に入っていった。

かれは、食堂の椅子に腰をおろした。

義弟が迎えにくる明後日までに片桐の移動の手続きをすませるのは、余りにもあわただしい。少くとも一週間程度の時間的な余裕が欲しいが、延期させると受入れを承諾した弟が心変りしてこじれることも予想され、なんとしてでも希望通りにしてやらねばならぬ、と思った。

かれは立ち上ると、再び受話器をとり、拘置所長の官舎に電話をかけた。幸い所長は帰宅していて、片桐に実の母が現われたことに驚きながらも、保護観察所長に連絡をとり、手続きを急いでもらうよう頼んでみる、と言った。手島は、努力して欲しいとくり返し頼み、電話を切った。

翌朝、手島は、会社の運転手に別荘へ車をまわして片桐を乗せ、観察所へ連れてくるよう命じ、自らはタクシーで観察所におもむき、片桐と落ち合った。

拘置所長から連絡をうけていた所長は、すべてを諒承していて手続きの書類をととのえて待っていた。そして、福島市の観察所に電話で連絡をとり、諒解も得てくれた。

手島は、保管してあった身許引受人としての書類を所長に返却し、片桐とともに礼を言った。

観察所を出た手島は、

「福島に落着いたら、お母さんと早めに観察所へ挨拶に行くように。保護司さんもきめてくれたそうだから、月二回、その方に生活状態を報告するのだ。いいな」

と、言った。

片桐は、別人のように明るい眼をし、何度も頭をさげ、車に乗って去った。

次の日、手島は、年一回の定期検診でかかりつけの病院へ行き、胃、肺のX線透視、血液、尿の採取、血圧、心電図の測定をしてもらった。血圧がやや高目である以外に、これと言った異常はないらしく、その足で会社に出た。

しかし、検査をうけたことでさすがに疲れ、いつもより早めに会社を出るとマンションにもどった。

ドアをあけ、居間に入ると、妻が、

「一時間ほど前に、片桐さんが弟さんの車に乗って挨拶に来ましたよ。嬉しそうに何度も頭をさげ、あなたにくれぐれもよろしく伝えて欲しい、と言っていました」

と、言った。

「弟が迎えに来たか。どんな男だった」

手島は不安を感じ、妻の表情をうかがった。

「名刺を置いてゆきましたが、お勤めをしているんですね。よさそうな人でしたよ」

妻が、茶簞笥の上におかれた名刺を持ってきた。

小規模らしい塗装会社の名と、現場主任という肩書きが印刷されていた。

手島は、障子をあけ、窓ガラス越しにみえる街を見下した。空にはかすかに明るみが残っているが、街はすでに夜の色につつまれ、ビルに燈がつらなり、おびただしいネオンの色も冴えてみえる。

妻が茶をいれて、部屋に入ってきた。

「どうでした、検査の結果は？」

妻が、テーブルの傍に坐った。

「詳しいことは来週わかるが、異常はなさそうだ」

かれは、街に眼をむけながら答えた。社員たちは、歩くのが速いと言って驚くが、まだ十年やそこらは健康を維持して生きてゆけそうな気がする。

「お常さんが不思議がっていましたよ」

妻が、別荘の家事をしてくれる女の名を口にした。

「なにを？」

かれは坐り、茶碗を手にした。

「片桐さんは、野菜などを刻《きざ》んだりするのに庖丁を決して手にせず、キッチン鋏を使っていたそうですよ。なぜでしょう、と不審そうな顔をしてきかれ、返事のしようもなく困りました。庖丁が、あの人の過去の思い出とつながっているからなんでしょうね」

妻の視線が、自分の横顔に据《す》えられているのを意識した。

「そんなことは知らんよ。私はなにも知らないし、知りたくもない」

かれは、無性に腹立たしくなって声をあげた。

妻は、口をつぐんだ。

かれは茶をふくみ、窓の方に眼をむけた。夜空に淡い星の光が散り、ヘリコプターが飛んでいるのか、赤い点状の光が動いている。

かれは、うつろな眼で、その光が高層ビルのかげにかくれてゆくのをながめていた。

白足《た》袋《び》

一

受話器を置いた比佐子は、窓の外に眼をむけた。雪がちらつきはじめたと思っていたが、いつの間にか狭い庭が白くなっている。

夫の信一郎は、今、息を引取ったよ、と言ったが、その声には、ようやく死んでくれたという安堵に似たひびきがふくまれているのが感じられた。夫は、これから遺体を自宅へ運ぶからなるべく早くくるように、と言い、それで電話が切れた。病院の通路に並ぶ公衆電話からかけてきたらしく、隣りの電話で話す女の声もきこえていた。

通夜は明日の夜にちがいなく、喪服を着ずに地味な服装で行けばよいのだ、と、比佐子は思った。

時計をみると、午後四時を少し過ぎている。

彼女は、居間の切り炬燵《ごたつ》に足を入れて宿題をしている次女に、夫の伯父が死んだので出掛けることを口にし、長女が帰ってきたらビーフシチュウの缶詰をあけて二人で夕食をすますように、と言った。

次女は、無言でうなずき、ノートに視線をもどした。

二階の寝室に入った比佐子は、紺のスーツを着、鏡台の前に坐ると唇の紅を拭きとった。人の死をきいたのに、このような奇妙な気分になったのは初めてであった。伯父である榊原荘太郎の死を告げる夫に、それはよかったわね、と思わず答えてしまいそうな気さえしたが、もしもそれを口にしても夫は気分を損ねはしなかったろう。荘太郎の家族はその死を望んでいて、自分の言葉を夫も不謹慎だとなじることはないはずだった。

彼女は、腰をあげると階下におり、次女に声をかけてレインシューズをはき、ドアの外に出た。背後で、次女が鍵をかける音がし、彼女は傘をひろげて路上に出た。

雪は春らしい牡丹《ぼたん》雪で、空気が明るくみえる。

彼女は、足もとに視線をおとしながら駅への道をたどった。

荘太郎が最初の発作に襲われたのは、一昨年の春であった。

夫も加わってゴルフをしている時、クラブに体をもたせかけ、芝生の上に倒れた。意識がなく、急いで救急車を呼んだが、車が到着する前に何事もなかったように立ち上った。

貧血を起しただけだ、と荘太郎は言い張って救急車に乗るのを拒《こば》んだが、七十歳という年齢でもあるので、夫をはじめプレーをしていた者たちが半ば強引に車に乗せた。その折の問診で、半年以上も前から電話をかけている時に自分の口にした言葉や相手の返事を忘れたりすることがあり、倒れたのは一過性の脳虚血症の発作であると診断された。

健康に自信のある荘太郎は、医師にかかったことがないのを自慢にし、健康診断をうけたこともない。友人が白内障の手術をうけて逆に失明したり、従弟《いとこ》が大腸癌で腸の一部を切除されたが、実は若い頃の腸結核の痕を癌と誤診されたことがわかったりして、医学に対する頑《かたくな》な不信感をいだいてもいた。そのため、発作を起した後も精密検査をうけようとはしなかったが、それから三カ月後、入浴中に再び倒れ、激しい痙攣《けいれん》を起して意識不明のまま救急車で病院に運ばれた。

二カ月近く入院して治療をうけた結果、右半身麻痺《まひ》と言語障害がのこったが、小康を得たので自宅へもどって療養した。この折の入院で、動脈硬化、糖尿病、血管障害などの症状があることがあきらかにされた。

気丈だったかれは、家にもどると急に気弱になって、医師から指示された歩行訓練をさせようとしても、また発作に襲われるのではないかと不安がり、立つことをしない。食物が口からこぼれ落ちるので、付添いの者がスプーンで口の奥の方に入れようとするが、もどかしがって舌で押し出したりする。かれは、苛立って枕もとの物を投げたりするかと思うと、感謝しているという仕種《しぐさ》をして涙ぐむ。不明瞭な言葉で、八年前に肝臓癌で死んだ妻のもとに行きたいと言って、肩をふるわせて泣くこともあった。

秋が過ぎて冬を迎え、歳末に近い深夜、呼吸困難を起して緊急入院した。その後、二つの病院を転院し、昨年の春、施設のととのった綜合病院に移った。

荘太郎は、多くの賃貸マンション、駐車場、バッティングセンター、ゴルフ練習場を持ち、その経営を一人息子の守彦にまかせ、比佐子の夫は、荘太郎に請《こ》われて銀行を中途で退き、経理担当の役員になっている。夫は、同年齢の守彦を従兄として接するようなことはせず、社長に仕える姿勢をとっているので、その間柄はきわめて好ましい状態にある。夫は、会長である荘太郎の身を案じ、比佐子もしばしば病院へ見舞いに赴《おもむ》いていた。

病状は悪化の一途をたどり、昨年の夏頃にはほとんど意識は混濁していた。守彦やその妻がなにか言っても、時には眼に表情らしいものがあらわれるが、ほとんど反応はない。眼も閉じていることが多かった。それでも担当医と中年の看護婦が声をかけると、かすかに声をもらし、わずかにうなずいたり首をふったりした。

死が迫っていると思えたが、その後、病状は横這いの状態がつづいた。それは、見舞いにゆく度に増している荘太郎の体に装着された管によるものであることを、比佐子も気づいていた。

鼻には合成樹脂製のマスクがとりつけられ、酸素を送る管がボンベに連結し、排尿管も床の袋にのびている。その他、いくつもの管が毛布の下から出ていて、さまざまな器具とむすびつけられていた。夫の話によると、心臓に弱い電流を流して規則的に収縮させるペースメーカーという装置がとりつけられ、むろん点滴もしているという。

まるでロボットのようだ、と、比佐子は思った。荘太郎の体は、それら多くの管によって血液を循環し呼吸をつづけ、栄養も摂取している。それらの管をはずせば、荘太郎にはたちまち死が訪れる。

守彦は、可能なかぎりの手をつくして荘太郎の生命を少しでも長く保たせようとし、病院側もそれに応じている。親孝行ということになるが、果して荘太郎にとってそれは望むことであるのかどうか。荘太郎の意識はなく、むしろ死の安らぎを得させるべきではないのだろうか。彼女は、管にかこまれた荘太郎をみるたびに肌寒さを感じていた。

埼玉県に住む母方の伯母が死んだ時、私鉄の電車に一時間半近くも乗って通夜に赴いた。死因は癌であったが、病状が末期であった上に苦しみも少かったので、病院で検査や治療にともなう苦痛を強《し》いられるよりは自宅に置いておいた方がいいという町医の言葉にしたがって、家で息を引取ったという。

伯母の子たちは、それが幸いだったと通夜の席で口々に言っていたが、比佐子もその通りだ、と思った。

昨年の十月初旬の夜、夫と荘太郎の病院へ見舞いに行って帰宅した比佐子は、ウイスキーの水割りのコップを手にした夫に、

「伯父さんのところみたいにお金がないから、しようとしてもできないけれど、私が病気になったらあんなことはしてもらいたくないわ。器械で生かしているだけですものね。見ていて辛い」

と、言った。

夫は、しばらくの間黙っていたが、

「お前には話してないが、事情があってな。資産があればあるでむずかしいものだ」

と、つぶやくように答えた。

「事情って、どういうこと？」

伯父に対する治療が守彦の父に対する愛情とばかり信じていた彼女には、その言葉が

理解しかね、夫の横顔を見つめた。

夫は、口を開くのをためらうように煙草にライターの火をつけたが、再びグラスを手にすると、

「伯父さんには以前、女がいて、今では切れているが、その女との間に子供がいてな」

と、言った。

比佐子は、女についてはきいたことがあるが、子まであるとは初耳であった。女は、伯父の会社の事務員で、その関係を知った伯母が半狂乱になり、女との縁も切れたときいているが、夫がなぜそのようなことを言い出したのか、釈然としなかった。伯父の治療と女との関係にどのようなつながりがあるのか。

夫は彼女に顔をむけると、言葉を時々切りながら話しはじめた。

伯父は、伯母の手前、縁を切ったことにしていたが、その後、退社した女にマンションの一室を買いあたえて関係をつづけ、女児も生れた。やがて、子供が幼稚園に入ることになり、私生児では困るという女の強い言葉に屈して、伯父は娘を認知した。

伯母の死後、伯父は女のもとに泊ったり、女と子供を海外旅行に連れて行ったりしていたが、三年前、女に親しい男ができて結婚することになり、伯父は、それを機会に女との関係を断った。守彦は、その間の経過をすべて承知していて、女が結婚した折に伯

父がまとまった金を出して子供の除籍手続きをしたという話も耳にしていた。

伯父の意識が混濁するようになって、守彦は、会社の税務を担当している税理士に、伯父が死を迎えた折の遺産相続に対する課税額の算出を依頼した。金銭感覚の鋭い伯父は、自分の死後のことも考えて、個人名義の財産を会社の資産に移したりして相続税を少しでも軽減するような配慮をしていた。が、それでもかなりの資産があり、守彦は、それに課せられる税金の捻出方法についてあらかじめ考えておきたかったのだ。

調査をはじめた税理士から、思いがけぬ話がつたえられた。女の娘の認知が、相変らず抹消《まつしょう》されぬまま戸籍に記載されているという。女が娘を私生児とさせぬようにしたのか、それとも将来、遺産の分与を望んで抹消したかのごとく装《よそお》ったのか。いずれにしても、認知した子は嫡出子《ちやくしゆつし》の二分の一の相続権があり、遺産の三分の一が娘にうけつがれる、と報告してきた。

守彦は驚いたが、意識のない父にその間の事情を問うすべはなかった。

秋の気配がきざした頃、夫が、長年勤めている女の経理課員から思いがけぬ話を耳にした。その課員は女と同僚であったので現在も付合いをつづけ、伯父と女の関係や娘がいることもむろん知っていたが、十六歳になるその娘が少年の運転するオートバイに同乗し、乗用車と正面衝突して少年は即死、娘は路上に投げ出されて瀕死《ひんし》の重傷を負ったという。

夫は、それを守彦につたえ、その課員に娘の経過をさらに探るように指示した。課員は、病院へも見舞いに行ったが、娘は頭を強打していて意識はなく、いつ死が訪れても不思議ではない状態であることがあきらかになった。

「その女の子が死ねば、なにも問題は残らないが、それ以前に伯父さんが死ぬと……。守彦さんとしては、伯父さんになるべく長く生きていてもらわなければならないのだ」

夫は、深く息をついた。

酷な話だ、と思った。娘の死をねがっているらしい夫に背筋が冷えるような思いであった。しかし、守彦の立場に立てばそれは無理はないとも考えた。守彦は、遺産の三分の一が見たこともないその娘にひきつがれることに苛立ち、娘の死を望む気持になっているとしても不思議はない。

少くとも娘が交通事故に遭ったという話がつたえられるまでは、伯父に対する治療は、守彦の純粋に延命を願う気持からであったが、それ以後は異った性格のものになっている。

比佐子は、荘太郎にとりつけられた多くの管のもつ意味を知り、空恐しさをおぼえた。口から食物を摂取できぬ荘太郎への見舞品は、花にかぎられていた。用意した花瓶では間に合わず徐々に買い増しされて、多くの花瓶が広い個室の壁際に隙間なく並べられ、蘭をはじめとした高価な花が花弁をひらいていた。新たな花が持ちこまれる度に、守彦の妻は、少しでもしおれる気配があるものを惜し気もなく捨て、新しいものに替える。花にみちた病室で、荘太郎は、眼を閉じほとんど身じろぎもしなかった。

秋が深まって、荘太郎の腕にさされた点滴の針がはずされ、代りに鎖骨の下から心臓の近くの大静脈に細い管が挿入されて、葡萄糖《ぶどうとう》、アミノ酸、脂肪、蛋白質《たんぱくしつ》などをふくむ液を送る方法がとられた。濃度の高い栄養液を注入するための処置であった。

比佐子は、首筋に埋めこまれた管の中に黄色い液が流れてゆくのを眼にするのがたえられず、視線をそらしがちであった。

寒い日がつづくようになった頃、彼女は、帰宅した夫から荘太郎が手術をうけたことをきき、その内容に恐れに近いものを感じた。

荘太郎の両足は、かなり前から皮膚が透明で足先が青白く、爪は紫色をおびて歪《ゆが》んでいた。その状態が激しくなったので、原因をしらべるため両腿の大動脈に造影剤を注入してレントゲンの透視撮影をした結果、動脈硬化によって血管が閉塞し血行がいちじるしく阻害されていることがあきらかになった。このままでは下肢に壊死《えし》が生じるので、手術をして動脈にバイパスの人工血管をつないだという。荘太郎の体はすでに死体に近く、麻酔をかけられ手術室に運ばれて両足を切開されても、かれ自身にはなんの意識もなかったにちがいない。

「体が腐っているのにまだ生かしておかなくてはならないなんて……」

彼女は、顔をしかめた。

夫は、黙っていた。

「娘さんの方はどうなんです」

比佐子は、自分も娘の死を待ち望んでいることに白《しら》けた気持になっていた。

「相変らずらしい」

夫は、眼も動かさず答えた。

もしかすると、女と親しい経理課員は、女に伯父の病状をひそかにつたえ、女は、娘の命を長らえさせるための医療処置をとらせているのかも知れない。

比佐子は、やり切れない思いであった。

荘太郎の体には栄養が潤沢《じゆんたく》にゆきわたっているらしく、顔の色艶が驚くほどよく薄い油でも塗ったように皺《しわ》のくぼみもてらりと光っていた。地肌の透《す》けた頭の白髪まじりの髪も光沢があった。

一カ月後、荘太郎の体は再び手術室に運びこまれた。右足の人工血管をつないだ先の部分の血管が閉塞し、一夜にして壊死が起った。そのままにしておくと壊死が足の上部に移行するので、それを阻止するため膝頭から下の部分を切断したのだ。

三日たって病院に行った彼女は、荘太郎がいつもと同じように眼を閉じているのを見た。自然に右足の部分に視線をむけたが、毛布の下になにか入れられているらしく平らになってはいなかった。その日も病室にはおびただしい花が花瓶にさされて並んでいた。

年が明け、比佐子は、長女の高校受験が迫っているのに落着かない気分であったが、伯父と認知された娘の経過が気がかりで、帰宅する夫の表情をうかがっていた。夫は、相変らず夜おそく帰ってきて洗面をするとすぐにベッドに入ることが多く、その表情からはなにもうかがい知ることができなかった。

二月に入って間もなく、酔って帰ってきた夫が、

「あれ、死んだよ」

と、言った。

あれ、とは娘のことにちがいなく、その死を知った夫は、守彦と明るい眼をして酒を酌《く》み合ったにちがいない、と思った。

「いつだったの」

比佐子は、背広を脱いでいる夫に声をかけた。

「昨日の朝だそうだ」

夫は、比佐子の顔に眼をむけることもせず、下着だけになると浴室に入っていった。娘の死はすでに確定していて、それが現実のものになったにすぎない。人の生死が金銭とからみ合っているのが忌《い》まわしく、死ぬべき者は死ねばよいのだ、と、彼女は、思いがけぬ冷淡な感情が胸の中をかすめ過ぎるのを感じた。浴室では、しきりに湯を使う音がきこえていた。

一週間後に長女の高校入学がきまり、気持も安らいだ比佐子は、花束を手に荘太郎の病院へ行った。病室には、守彦の妻の澄代がいて、花束をうけとると家政婦に花瓶にさすように声をかけ、比佐子をうながして最上階にある喫茶室へ行った。

空は晴れていて、窓ガラスを通してつらなる高層ビルが遠く望まれ、その近くの高速道路を車の列が少しずつ動いているのもみえた。

「おじいちゃんの娘さんのこと、おききになった？」

運ばれてきたコーヒーにミルクを入れながら、澄代が、比佐子の顔をうかがうような眼で見つめた。

伯父の私事について知っているのは、好ましくないと思われはしまいかと案じながらも、比佐子はうなずいた。澄代は会社の役員に名をつらね、それは名目だけではなくゴルフ練習場の管理を担当して事務所に詰めている。そうした仕事をもっているためか物事にこだわるようなことがなく、比佐子も気をつかわずにすむので楽であった。

「あなただからこんなことが言えるのだけれど、死んだときいて正直のところ、主人も私もほっとしたのよ」

澄代は、椅子に背をもたせかけた。

「娘さんがいるなんて知らなかったんですが……。認知してあったんだそうですね」

比佐子は、言葉をえらびながら言った。

「そうなのよ。そのことは女と手を切る時に解決したと思っていたのだけれど、消されていなかったのね。おじいちゃんも人の善いところがあるから、女に強く要求できなかったんじゃないかしら。それが遺産とかかわりがあるので驚いたわよ。遺産の三分の一ということになると、なにをそれにあてるか大変よ」

澄代の甲高い声に、比佐子は、周囲の人の耳に入るのではないかと気がかりであった。

娘が交通事故で半死半生の状態であるのを知った守彦は、税理士の意見もきいて病院に荘太郎に対する一層の濃厚治療を求めたという。

澄代は、顔を近づけると、

「でも、片足が腐ったりして、主人も、あのままじゃおじいちゃんが可哀想だ、早く死なしてやりたいんだがなあ、と、時々溜息をついたりしていたのよ。そうしたら、女の子が死んだと言うでしょう。それで、早速、主人が病院の先生に、もう治療はいいですから、と申出たの。管の一本もはずせば、すぐ安らかに死ねるんですものね」

と、言った。

比佐子は、澄代の乾いた眼を戸惑ったように見つめていた。守彦夫婦は、伯父と娘の死について常に言葉を交し合い、そのため死についての感覚が麻痺しているのだろう。管の一本も……というさりげなく口からもれた言葉に、それが感じられた。

「ところが、お医者さんは、そうはゆかないと言うのよ。私もその場にいたけれど、かなりきつい口調で医師としてそんなことはできない、と言って……。人道的な問題だというんでしょうね。それ以上お願いするわけにもいかず引下りましたが……」

澄代は、カップを手にしたが、再び比佐子に顔を近づけると、

「それがね、あなたも、今日、気づいたかしら。少し瘦せはじめたのよ。どういうことなんでしょうね。おじいちゃんは意識がないはずなのに、もうこれで息子たちに迷惑がかからぬようになったと察して、張りつめた気持がゆるんだのだろうか、と主人とも話し合っているんですけれどね。たしかに、瘦せてきているのよ」

と、低い声で言った。

比佐子は、返答に窮して口をつぐんでいた。荘太郎の体に衰えがみえはじめているというのは、澄代たちの期待をこめた錯覚ではないのだろうか。それとも、濃度の高い医療も、すでに荘太郎の生命を維持する限界に達しているのかも知れない。

彼女は、窓ガラスを通して群立する高層ビルに眼をむけていた。

翌週の日曜日に、長女をデパートに連れてゆき入学に必要な買物をした比佐子は、長女と別れて病院に行った。

病室には、雑誌をひろげて坐っている家政婦がいるだけで、比佐子は、ベッドに近寄った。

口を薄くあけている荘太郎の顔を眼にした彼女は、体をかたくした。肉付きがかなり落ち、艶々していた皮膚がすっかり乾いていて青白い。髭を剃った折にできたらしい筋状の顎の傷痕も、干からびた糸みみずのようにちぢんでみえる。

決して澄代たちの錯覚ではなく、衰えは際立っている。医療によって保たれてきた荘太郎の肉体は、支えを失ったようにその機能が急激に低下しているらしい。

広い窓ガラスは、室内の温気で半ば近くが曇っている。家政婦にすすめられて丸椅子に坐った彼女は、荘太郎の顔に視線を据えていた。

その日から十日ほどたったが、昨日の夜、帰ってきた夫が、伯父さんもかなり弱ってきたよ、とつぶやくように言った。

しかし、病院側の処置から考えて、比佐子は、あと一カ月か二カ月は生きていると推測していただけに、夫から電話で告げられた荘太郎の死が突然のように感じられた。

雪の中を歩きながら、彼女は、澄代の顔を思いうかべていた。澄代は、臨終を迎えた折に荘太郎のベッドのかたわらで涙を流しただろうが、それは、むろん悲しみのためではなく安堵によるものにちがいない、と思った。

前方に見えてきた駅の建物が、降雪にかすんでみえる。

彼女は、すれちがう人の傘を避けながら、足を早めて駅に近づいていった。

二

門の中には数台の車がとまり、家の内部に煌々《こうこう》と電燈がともっていた。

玄関の分厚いドアをあけると、広いたたきに多くの靴が雑然と置かれ、近くの電話機の前に中年の社員が立って、部下にでも指示しているらしく口早に話をしている。

敷台にあがった比佐子は、小部屋にコートを置き、廊下を進んで角を曲った。

座敷の入口に夫が立っていて、こちらに顔をむけると無言でうなずいた。

彼女は近づき、夫のかたわらに立った。

広い和室に遺体が置かれていて、薄いふとんがかけられ顔に白い布がのせられていたが、ついて間もないらしく葬儀社の人と思える紺色の服を着た二人の男が、逆さに立てられた屏風《びょうぶ》の前に小机を据え、その上に香炉や燭台などを並べていた。

枕もとには澄代が守彦と並んで坐り、男たちの動きをながめていたが、椀に盛った飯に箸《はし》を突き立てた男にうながされて、守彦が燈明を点じ、線香を一本香炉に立てた。

腰をあげてこちらに近づいてきた守彦が、比佐子に頭をさげると、

「病院に何度も見舞いに来ていただいて……」

と言い、夫に顔をむけ、

「打合わせをしたいんだがね」

と声をかけて、葬儀社の男たちとともに廊下を応接間の方へ歩いていった。

比佐子は、部屋に入ると澄代のかたわらに坐り、手をついて頭をさげた。眼に涙が湧き、ハンカチを口もとにあてた。澄代の眼も充血している。

「おじいちゃんも、長い間辛かったろうと可哀想で……」

眼をしばたたいた澄代が手をのばし、荘太郎の顔をおおった白い布をはずした。

比佐子は、一瞬、背筋に冷いものが走るのを感じ、死顔を見つめた。

最後に病室でみた顔とは別人のように骨の形がそのまま皮膚に浮き出ていて、頬骨が突き出し、眼窩《がんか》は深くくぼんでいる。皺の寄った唇の間からのぞいている歯が骨のかけらのようにみえた。わずか十日ほどの間に荘太郎の体は激しく変化していて、死は当然のことに思えた。

「おだやかな顔になっているでしょう」

澄代は、荘太郎の頬をなぜ、徐《おも》ろに布をかけた。

家の中がざわつきはじめ、数人の女の社員が廊下に手をついて遺体に頭を深くさげ、中年の女が、澄代にむかって悔《くや》みを述べ、

「お手伝いに参りました。なにか御用がありましたらお申しつけ下さい」

と言って、廊下を引返していった。

やがて親戚の者がつぎつぎに姿を現わし、澄代に挨拶する。澄代は、かれらが枕もとに坐るたびに白布をとりのぞいた。匆々《そうそう》に合掌してはなれる者が多かったが、荘太郎の顔に視線をむけながら澄代と話している者もいた。

守彦が、部屋に入ってきて親戚の者たちから悔みの言葉をうけ、枕もとに坐ると、通夜は明日、告別式は明後日と澄代に言った。比佐子は部屋の隅に坐り、女子社員が盆にのせて持ってきた茶菓を親戚の者たちの前に配ったりした。その間にも、社員が部屋に

入ってきて守彦になにかささやき、守彦はすぐに立って部屋を出て行った。

老いた僧が若い僧とともに部屋に入ってきて小机の前に坐った。守彦をはじめ親戚の者たちがその後に腰をおろした。

読経がはじまった。

夫は、比佐子の横に坐っていたが、社員に対する指示でも思い出したのか、腰をあげると静かに廊下へ出て行った。玄関の方からは、電話のベルの音や社員が応対する声がきこえていた。

読経が終ると、それを待っていたように葬儀社の男たちが寝棺《ねかん》を支えて部屋に入ってきた。蓋《ふた》を開いて棺《ひつぎ》の底に毛布を敷き、その上を白い布でおおった。

「喪主の方は御遺体の頭を、御親戚の方はお体をお支えになって御納棺いただきます」

中年の男が、神妙な口調で言った。

守彦が、荘太郎の顔の近くに膝をつき、男の指示で顔にのせられた布をはずして首の下に両手をさし入れた。遺体のまわりに澄代や親戚の者たちが集った。

比佐子は立って、ふとんの下から現われた遺体を見つめた。白い経帷子《きょうかたびら》が着せられているが、片方の足の部分はへこんでいて、澄代が臀部《でんぶ》に近い腿の下に手を入れて持ち上げると、布は垂れた。

棺のかたわらに立つ僧が、読経をはじめた。遺体は、棺の中におろされた。

葬儀社の男が手甲と白足袋《たび》、藁草履《わらぞうり》を手に棺に近づくのを眼にした比佐子は、表情をこわばらせた。死装束は足袋をはかせ草履をつけさせるが、男が荘太郎の一方の足が欠けているのに気づいて戸惑うのではないだろうか、と思った。しかし、男は、手の部分に手甲を、足袋と草履を足の部分に置くと棺をはなれた。

男の一人が守彦に故人の愛用品を、と声をかけ、澄代と低い声で言葉を交していた守彦が部屋を出てゆくと、ゴルフの雑誌と革の手袋を手にもどってきて、棺の中に入れた。

座敷の正面に仮の祭壇がもうけられ、蓋の上に金襴《きんらん》の厚い布がかけられた棺が、男たちの手で祭壇の上に移された。

読経が終り、僧が坐って茶を飲んだ。もどってきた夫が、守彦とともに僧と打合わせをした。通夜、告別式は、僧の寺の本寺を借りて営むことになり、僧の数などが話し合われた。

打合わせが終ると、僧たちは棺の前に坐って合掌し、部屋を出ていった。

別室に食事の用意がされていて、比佐子は、親戚の者たちとレストランからでも運ばせたらしい洋食弁当を食べた。ビールを飲む男もいた。

それがすむと、することはなにもなかった。親戚の者たちは、通夜と告別式の時間と場所をきき、次々に玄関の方へ出て行った。社員の話では、雪が霙《みぞれ》に、さらに雨になっているという。

夫は、明朝早目に出社して通夜、告別式の手配をすることになり、祭壇の前に坐って線香を立てて合掌し、比佐子もそれにならった。

雨は小降りで、雪はとけて消えていた。

比佐子は、夫の車の助手席に身を入れた。

車が門を出て、ゆるい傾斜の坂をくだってゆく。両側にマンションが立ち並び、それが切れると広い道路に出た。

「疲れたでしょう」

比佐子は、守彦夫婦に一歩さがるように接している夫に同情の気持をいだいた。

夫は、かすかに口もとをゆるめただけであった。

「伯父さんは、もう少しもつと思っていたけれど……」

彼女は、夫の膝に手を置いた。

「昨日あたりから死んだも同じだったよ。眠るように死んだのだから幸いさ」

夫は、前方に眼をむけたまま答えた。

夕方に雪が降ったためか、道路に車は少い。

「最後は、伯父さんの体についていた管をはずしたの？」

彼女は、胸にわだかまっていたことを口にし、夫の横顔をうかがった。

夫は首を振り、

「はずしたりはしない」

と、言った。

比佐子は、視線をもどし、少しの間黙っていたが、

「伯父さんは、恐しいほど痩せたわね、急に……。あの時、私は、なにかの管をはずしたんだな、と思ったわ」

と言って、再び夫の顔に眼をむけた。

信号で車をとめた夫の表情に少し動くものがあったが、思案するような眼をすると、

「そのことで、守彦さんに頼まれて病院に行き、院長に会って話をしたのだが、院長は曖昧《あいまい》な答えしかしなかった。しかし、その後、目立って痩せはじめたのだから、体に送りこんでいた栄養の内容を変えてくれたんだろうな。そうとしか思えない」

と、つぶやくような口調で言った。

彼女は、無言でうなずいた。

車が、走り出した。

ワイパーがゆっくりと動き、雨ににじんだフロントガラスを通して、前方に高速道路入口をしめす緑色の明るい標識が近づいてきた。

彼女は、夫の膝の温みを感じながら、薄く眼を閉じた。

霰《あられ》ふる

遺体が打寄せられていたのは、村はずれの岩がつらなる小さな入江のくぼみだった。磯には雨合羽《あまがっぱ》をつけた村人たちが集り、波打ちぎわに眼をむけている。その個所には、数人の男女がうずくまり、顔を手でおおっている者もいた。

十五歳の綱夫《つなお》は、母のかたわらに立っていた。霰《あられ》まじりの雪が、沖から吹きつける強風に乱れ合って舞い、合羽の裾が風にあおられる音が周囲にみちている。

鼠《ねずみ》色をした海に果しなく湧く波頭が、重り合うように突き進んできて磯でくだけ、飛沫《しぶき》が綱夫たちの顔に降りかかってくる。

深夜、激しい風と波の音に眼をさました綱夫は、新たな遺体が波に乗って寄せられているかも知れぬ、と思った。それまでに村の海岸線や隣町の突堤の下などに遺体があがったのは、いずれも海の荒れた日の朝で、村の男たちの話では、海底の岩の間にはさまったり、からみ合った海草の間に沈んでいた遺体が、揺れ動く海水にあおられて浮上し、岸に打寄せられるのだ、という。未発見の遺体は、二体であった。

夜が明けかけた頃、母に肩をゆすられて眼をさました。戸外で遠く近く、仏が寄ったという声がしているのを耳にし、予感があたったことを知った。遺体が打寄せられた折には、病人、幼い者、足腰のおぼつかない老人をのぞいて、村人すべてが迎えに出る。遺体が寄せられるのは、遺族のみならず村人にとってせめてもの慰めでもあった。

しかし、身仕度をはじめた母の眼には暗い翳《かげ》がうかび出ていて、綱夫はそれがなにを意味するかを知っていた。納戸の柩《ひつぎ》の中に横たわっている姉の体は、明後日の朝には焼かれる予定になっていたが、新たに遺体が発見されたことで延期される。岸に寄せられた遺体は優先的に焼場へはこばれる定めになっていて、姉が荼毘《だび》にふされる順序はみだされるのだ。

姉の体は、腐敗せぬよう雪をつめた柩の中に十日以上も横たわっていて、母は、姉を雪の冷さから一刻も早く解放し骨にして壺におさめてやりたい、と願っている。

波打ちぎわにうずくまっているのは、未発見の遺体の二組の遺族たちであった。事故後、日が経過してから打寄せられた遺体は、波にもまれて衣服はもとより足袋まではがされ、体がいちじるしく損われているのが常であった。二組の遺族がそのまま動かないのは、いずれのものとも判別できかねているからにちがいなかった。

後方で人声がし、道傍に自転車を置いた隣町の警察署の刑事と警官が、長身の老いた医師とともに岩をふんで近づいてきた。村人たちは後へさがり、頭をさげた。

波打ちぎわに行った医師は膝をついて遺体を検分し、小太りの刑事は、警官と並んで医師の手もとを見下しながら周囲の遺族になにか言っていた。

やがて、不意に泣き声が起って、一方の遺族たちが医師のまわりに身を寄せ、他方の遺族たちが立ち上って、その場をはなれた。打寄せられたのは、澄んだ声で民謡をうたう三十二歳の女の遺体であることがあきらかになった。

刑事が少しはなれた所に立つ村長に声をかけると、村長がこちらに顔をむけた。すでに戸板が用意されていて、男たちがそれを手に波打ちぎわに行った。

綱夫は、青黒いものが戸板にのせられ、その上から蓆《むしろ》がかけられるのを見た。戸板が近づき、綱夫は母たちと掌を合わせた。蓆が風でひるがえらぬように男たちがおさえ、戸板が道の方へあがってゆき、女たちの泣き声が追っていった。

医師が、刑事と連れ立って波打ちぎわをはなれて歩いてきた。綱夫は、村人たちと再び頭をさげ、その後から道の方へ歩き出した。

霰が、村人たちの頭や肩に音を立ててはねていた。

家にもどった母は、納戸に入って柩の前に坐ると燈明をともし、綱夫も線香を立てた。板じきの床に据えられた台の上に柩が置かれ、姉の体は雪の中に埋れている。納戸は火の気がなく空気が冷えきっているが、雪はわずかずつとけるらしく目減りし、日によっては台にかけられた白い布がしめり、床に水滴がしたたり落ちて濡れていることもあった。

綱夫は、いつもの朝と同じように土間に置かれたスコップとバケツを手にして、家の裏手に出た。新しい雪をスコップですくってバケツに入れると、納戸にもどり、柩のかたわらにバケツを置いた。

母が、柩のふたを念仏をとなえながらとりのぞいた。雪の中から青黒い姉の顔がのぞき、少し下に合掌した手の指が突き出ている。母は、バケツの雪を手ですくうと、姉の顔の周囲に撒くように置き、胸から腹の上へひろげていった。その日は寒気がきびしく、雪の量はほとんどへっていない。母は、いつものように姉の鼻筋と頬、唇にいとおしそうに指先をふれさせ、おもむろにふたをかぶせた。

綱夫は、立ち上るとバケツを手に納戸の外に出た。雪に体を埋めている姉を眼にするのが堪《た》えがたく、納戸に雪をはこぶのも気が重かった。しかし、日がたつにつれて発見される遺体の損われ方が増しているのを知り、たとえ雪に身を沈めていても姉の体が五体そのままの姿で柩におさめられているのは、幸いとしなければならぬのだ、と自らに言いきかせるようになった。それに姉が荼毘にふされる順番は最後ではなく、そのあとに三つの遺体があり、それらの遺族のことを考えれば贅沢《ぜいたく》を言える立場にはないのだろう、と思った。

耳なれた音がし、柱時計を見上げると、針が七時をさしていた。時計は、五年前、船員であった父が、航行中に船内に発生した伝染病で死亡した直後から、長針が12の数字をさしても鳴らず、金具のはずれるようなかすかな音しかしなくなっている。鳴らなくなったことを、母は父の死とむすびつけて考え、修理に出すこともしないでいる。

母が台所に入る気配がし、庖丁で物を刻む音もしてきた。かれは、ふとんをたたんで押入れに入れ、居間の火鉢に炭火をおこした。

台所に接した板じきの部屋に行くと、炉にかかった鍋のふたの間から湯気《ゆげ》がゆらぎ、味噌の煮える匂いがただよっていた。炉ばたに坐り、味噌汁を鍋からすくって食事をした。母は、飯を弁当箱につめていた。

中学校の卒業式は間近で、綱夫はそれをすますと大阪に行って小さな荷役会社に住込みで勤めることになっている。婿養子として家に入った姉の夫も、その会社で四年間をすごし、親会社である海運会社所属の貨物船に乗るようになった。事故直後に姉の死を会社に電報でつたえ連絡を依頼したが、折返し送られてきた速達の手紙には、義兄の船は印度方面で荷の積載中で、帰国は一カ月半後になるという。

姉を失った義兄が、そのまま家にとどまってくれるかどうか。義兄は優しい人だが、家を出て再婚し、新たに家庭をもつことになるのではないだろうか。

母は、村の女たちの例にもれず働き者で、行商などをしてでも一人で生活する資を得ることができるにちがいない。が、やがて老いればそれも不可能になり、綱夫は、少しでも早く遠洋航海の船に乗って母に十分な仕送りのできる境遇になりたかった。

教科書、ノート、鉛筆箱を布袋に入れ、弁当箱をつつんだ風呂敷を腰に巻きつけると、雨合羽をつけて家を出た。

能登《のと》の天候は変りやすく、いつの間にか雪はやみ、厚い雲の切れ間から青空がのぞいている。風は相変らず強い。

中学校のある隣町に通じる海岸ぞいの道を、足を早めて歩いた。磯に波が飛沫をあげている。

綱夫は、海に眼をむけた。村の前面には七つの島があるが、島と言っても海面に露出した平坦な岩礁で、最も大きい姫島ですら八百坪ほどの広さしかない。それらの島は、大きく起伏する波の間に見えかくれしていて、殊に姫島には波しぶきが断続的にあがっている。事故の起った日と同じような海の荒れ方であった。

波に洗われる黒々とした姫島の上に、多くの女たちが点々とうずくまっているような錯覚をおぼえ、かれは、海から視線をそらせた。

岬にうがたれたトンネルの入口に近づいた頃、空がかげり、また霰まじりの雪が落ちてきた。

かれは、トンネルの中に足を踏み入れながら、夜明けに起きてから母が念仏以外にひとことも言葉を口にしなかったことに気づいていた。

事故のあった日の前夜、窓から空に眼をむけた姉が、

「月が出とる」

と、言った。

綱夫も、首をのばして空をうかがった。夕方まで雲におおわれていた空には、薄い雲片がみえるだけで、ほとんど満月に近い月がかかっている。降雪のつづく冬に月が出ることは少く、満ちた月を見るなど皆無に近い。光が冴えていて、夜空が春のそれのよう

に明るんでいる。姉は、眼を光らせて空を見上げていたが、月に見惚れているというよりは、明日の好天を期待しているからにちがいなかった。

前年の十二月初旬にその冬最初の岩海苔《いわのり》採りがおこなわれたが、以後、海は荒れつづけ、二カ月以上も姫島に舟を出すことはしていない。岩海苔は、寒気がきびしく、強い波にうたれつづけていなければ十分な生育は望めない。そのような生態をもつだけに、この二カ月余の間の寒気と荒天は、岩海苔にとって最も好ましい条件のもとにあったと言っていい。毎年、岩海苔の採取場になっている姫島は、今年も分厚い海苔におおわれているらしく、黒い島が一層黒々とみえ、光沢すらおびている。おそらく明日は晴天で海も凪《な》ぎ、岩海苔採りがおこなわれそうだった。

姫島で採取される海苔は、長さが二十センチメートルから四十センチメートルもあって、長藻と称され、光沢、香りがすぐれていることで珍重され、業者が競って買い取る。一回の採取で、隣町の中学校教師の月給とほぼ同額か、それ以上の金銭を手にすることができ、村の女たちの願ってもない収入源になっている。姉は中学校を卒えてから毎冬参加し、手さばきも巧みになっていて、岩海苔採りのできる日を心待ちにしていたのだ。

能登の他の海ぞいの町村では、江戸時代から岩海苔採りがおこなわれていたが、綱夫の村では、女、子供が自家用にあさるだけで、金銭に替える者はいなかった。

村には、分不相応な石垣のつづく屋敷や白壁の土蔵が所々にみられ、石畳になってい る道も多い。それらは、遠く過ぎ去った日の村の豊かさをしめす名残りであった。

日本海に斧《おの》のように突き出た能登は、江戸中期以後、九州、京坂と奥州、蝦夷《えぞ》間を往来する千石船の中継地として重視され、回漕業がさかんで、殊に綱夫の村は天領に指定され、その庇護のもとに多くの船持ちが輩出した。かれらの保有する千石船は四十数艘にもおよび、それらの船が沖がかりをして伝馬船で荷の積卸しがさかんにおこなわれた。水主《かこ》たちは船持ちの長屋に住み、腕のいい船大工が他国から集ってきて大船をつくり、商人宿も数軒あって村は殷賑《いんしん》をきわめた。船持ちは多額の財をたくわえ、加賀、能登、越中の長者番付の上位に名をつらね、大名へ金を用立てる者もいた。

しかし、明治期に入ると汽船の出現にともなって和船による海運は大きな圧迫をうけ、それに焦って無理な航海を繰返したため海難事故が続発し、船持ちたちは財を散じた。かれらは、のがれるように家屋敷を捨てて村をはなれ、雇われていた者たちの多くも去り、村は閑散とした地になった。

村に残った者たちは収入の道を断たれたので、耕地をひらいて生活の資を得ようと試みる者もいた。が、その附近一帯は砂礫《されき》質で農耕には適さず、わずかに自家用の野菜を収穫できるにすぎなかった。村人の多くは、やむなく海に小船を出して漁をし、大正時代に入った頃には数十艘の漁船が村の前面の海に散り、網漁もおこなわれた。しかし、それも十年ほどの期間で、他の地からやってきた底引漁の発動機船が沖合に多数行動して漁をするようになり、漁獲量は激減し、漁師は生計を立てることもできなくなった。貧困が村をおそい、離村する者が相ついだ。残った者は、沖を走る汽船や海岸近くまでやってくる底引漁船をうつろな眼でながめているだけであった。

そのうちに一人の男が、人を介して海運会社の貨物船の船員に雇われたことがきっかけで、それにつづく者が増した。海に親しんできたかれらには、その仕事は適していて、働きざかりの男たちが船員になり、太平洋、欧州航路の客船に乗る者もいた。綱夫の父も、その一人であった。

かれらが村に帰ってくるのは年に二カ月ほどで、女が、老人、子供たちとともに留守を守るのが常のことになった。定年になって汽船をおりた男たちは、村にもどってきて瘦せた地に鍬《くわ》を入れて野菜をつくり、中には小舟を出してわずかな魚介類を得、家族に隣町へ売りに行かせた。

夫の仕送りによって家を守る女たちの最大の楽しみは、冬の岩海苔採りと言ってよく、彼女たちはその金で着物をつくり、子供たちに衣服を買いあたえ、親しい者同士で寄り集る折の茶菓代に費した。

岩海苔採りは、男が船員として働きに出るようになってから女たちが専《もっぱ》らおこなっていたが、いつの間にか掟に似たものができ、それは年を追うにつれてきびしさを増した。まず自由に採取することが禁じられ、村長をはじめ村の重だった者の合議で採取日がきめられた。濫獲すれば海苔が絶えることはあきらかなので、それを防ぐため十分に海苔が生育した頃を見はからって船を出し、女たちを姫島に送る。また、島にあがった女たちは競い合って採取するが、監視役の男が三十分から一時間ほどでやめさせる。半ば以上を採ってしまえば海苔の再生がおくれるので、次の機会に残しておこうとする配慮からであった。

規則がさらにきびしくなったのは、二冬、人身事故がつづいたことにあった。

女たちは、海苔の繁茂する島のふちに散って素速い手つきで海苔を採る。指が傷つき、血が流れても意に介さない。彼女たちの眼は海苔にむけられ、耳で波頭が近づくのを察知して、巧みに体を動かし波を避ける。岩場はひどく滑りやすいので、ゴム長靴の上に草鞋《わらじ》をはいている。それでも波をよけきれず海中に落ちることもあり、岩につかまって走り寄った女たちに引きあげてもらっていたが、綿入れのチャンチャンコをつけていて着ぶくれているため自由がきかず、八年前の冬に三人が流されて二名が水死し、翌年の冬にも一人が死亡した。

江戸時代の船持ちの家をつぐ村長を中心に、事故が起らぬよう対策が講じられ、協議の末、遵守すべき規則が定められた。

岩海苔採りは凪の日をえらんでおこなわれていたが、採取中に少しでも波が立つようになった折には、見張りの男の指示でただちに作業を中止し、島をはなれる。単独で行動すると、海に滑り落ちても他の者が気づかぬおそれがあるので、五人一組で仕事をし、もしも波が寄せてきた場合には、互に肩をくんで波に堪える。

事故の最大の原因は、女たちが海苔の採取に熱中する余り注意力が散漫になることであった。女たちは、少しでも多くの量を得ようとして海苔が分厚く岩にこびりついている波打ちぎわに行って、採ろうとする。そのうちに波に対する警戒心がうすれ、海に落ちる確率も高い。

村長は、競争心が人命事故を誘発する因になると考え、思いきった方策を立てた。姫島に上陸した女たちがすぐに仕事をはじめることを禁じ、全員がそろってから指揮する男の指示で同時に作業にかからせる。さらに彼女たちが採取した海苔は、それを個人の所有とせず、浜に集めて計量し、参加人員で等分する。

この規則は、翌年の冬から実行に移され、予期通りの成果がみられた。女たちは、危険な波打ちぎわに行くことを避け、波にも十分な注意をはらいながら悠長に採取をつづけた。血走った眼で採取する者はなく、行楽に似たなごやかな空気がうまれた。当然のことながら、彼女たちの採取量はへったが、それだけ業者の買取り値段も高くなって、一人当りの手にする金銭の額に目立った差はなかった。

女たちが少しの不満の色もみせず、それらの定めにしたがったのは、村が千石船の基地であった頃からの仕来りを重んじる気風が、そのまま残されていたからにちがいなかった。

千石船が新造されて船おろしされる折を例にあげても、そこには数多くの約束ごとがあり、村人たちは、忠実にそれを守ることを繰返してきた。船おろしの日はむろん吉日で、前日には船霊を船内に安置する儀式が、村人総出でおこなわれた。船の一部に二つの穴をうがち、一方に小さな夫婦雛《めおとびな》と船主の妻の髪三本をおさめ、他方には五穀、銭十二文、賽《さい》二個を入れ、それぞれ木片をうめこんで穴をふさいだ。ついで、船が海難事故にあわぬことを願って、妊《みごも》った女が船霊にむかって裾をひらいて陰部をみせる。それによって船霊おさめの儀式を終え、舟大工を船上の上席にすえ、船主、船頭以下定った順序にしたがって坐り、祝宴をはる。

これに類した仕来りは数限りなくあって、村人たちは、それに従順にしたがうことが生活の秩序を維持する上で不可欠のものと考えていた。それは信仰に近いもので、明治初期に断髪令が発せられた折にも、個々にすることはせず、子供にいたるまで男たちが村長の庭に集り、それぞれの母や妻などの手にする剃刀《かみそり》で一斉に髷《まげ》を落した。村に死者が出れば他の家々も喪に服し、祝いごとがあれば村そのものの慶事になった。

岩海苔採りに定められた規則は、女たちを拘束するものではあったが、彼女たちは、むしろそれに身をゆだねることに安らぎを感じている節があった。

物置に薪《まき》をとりに出ていった母がもどってくると、

「いいお月様や」

と、言った。

姉と同じように翌日は好天になると予測したらしく、表情は明るかった。母は、台所に入ると米をとぎはじめた。

翌早朝、綱夫は、人声で眼をさました。家の入口で甲高い男の声がし、母のそれに応ずるはずんだ声がきこえてきた。半身を起した綱夫は、母や姉が予想した通り岩海苔採りがおこなわれるのを知った。

床をはなれた綱夫は、すでに飯がたかれ、炉にかかった鍋から湯気がただよい出ているのを眼にした。浜へ集るのは六時半だという。

綱夫は、母たちといつもより一時間以上も早い朝食をとった。

母と姉は、食事の後片付をあわただしくすませると、厚着をした上に綿入れのチャンチャンコをつけ、手拭で頰かぶりをした。土間で長靴をはき、草鞋をつけて紐《ひも》でかたくしばりつけ、手籠を二つずつ持った。

綱夫は、教科書を入れた布袋を手に母たちの後から家を出た。月が出ていた空には雲がひろがっていたが、風はない。

家々から頰かぶりをした女たちが出てきて、母や姉と挨拶を交し合う。路上に女の数が増し、つらなって浜へくだり、その後から子供たちがついていった。

浜には頰かぶりをした女たちが集り、十数艘の伝馬船が砂地に並んでいて、村長も姿を見せていた。幼児を背にくくりつけた老いた男が、日の丸をつけた長い竿を突き立てて立っている。綱夫は、学校へ行く少年や少女たちと道の上で見守っていた。

伝馬船が砂地から海に押し出され、五人ずつ組んだ女たちが乗った。浜には、明るい声や笑い声がみちていた。

船がつぎつぎに岸をはなれ、姫島にむかってゆく。海は凪ぎ、姫島はかすかに寄せる波で白くふちどられていた。

十五分ほどで船が島につき、女たちがあがるのが見えた。船は引返してきて、再び女たちを乗せて島にむかった。浜には、男たちと老人、子供がいるだけになった。女の数は百二十名ほどで、五人ずつひとかたまりになって島の上に散ってゆく。

女が一人残らず島にあがり、それぞれの採取場所についたらしく、動く者はいなくなった。顔がこちらにむけられている。

村長をかこんで島を見つめていた男たちが、短い言葉を交し、一人が旗竿を手にしている老人に声をかけた。

うなずいた老人が、勢いよく竿を倒した。と同時に、女たちが一斉に腰をかがめ、作業をはじめるのが見えた。

綱夫は、頬をゆるめた。島では、女たちの笑いさざめく声がにぎやかにしているにちがいない。採取した海苔はすぐに業者が引取り、金が女たちに渡される。女たちはそれを手に隣町に連れ立って買物に行く。母は、就職する綱夫の服を買いにゆくと言っていたが、菓子なども買うのだろう。

登校時刻になっていたので、綱夫は、他の生徒たちと島に眼をむけながら海ぞいの道を隣町の方へ歩き出した。空には雲が垂れ、海はいつものように鉛色《なまり》をおびていた。

学校は、六つの教室に職員室、校長の住居が附随した平家の建物であった。丘陵にかこまれた窪地にあって、潮風にさらされることはなく、波の音もきこえない。校舎は深い雪にうもれていた。

二時限の授業が終ると、綱夫たちは、いつものようにストーブをおおう金網の上に弁当箱を重ねて並べた。やがて授業がはじまった。

教場内に温くなった弁当の匂いがただよいはじめた頃、廊下に半ば走るような足音がし、隣りの教室の方で男の甲高い声がきこえた。窓の外には、雪がちらつきはじめていた。

教師が、いぶかしそうな眼をして教壇をおり、教室の入口から廊下をうかがった。

二年生の担当もしている白髪の校長が、警防団の服を着た若い男と教師に近寄り、こわばった表情でなにか言った。

教師は、校長の顔を見つめていたが、うなずくと、小走りに他の教室の方に姿を消した。やがて若い女教師もまじえた教師たちが集り、校長と言葉を交し、すぐに散った。

教室に入ってきた教師の険しい表情を眼にした綱夫は、なにか思いがけぬ出来事が起ったのを感じた。

「黒子村の者は、すぐ家に帰れ。事故が起きた」

教師の顔には、血の色が失われていた。

綱夫は、校長たちを動揺させている出来事が自分の村と関係があることを知り、事故という言葉に不安をいだいた。

かれは立つと、布袋に教科書を入れ、風呂敷を手にストーブに近づき、弁当箱をつかんで包んだ。アルミニウムの箱は熱く、飯と煮付けた烏賊《いか》の蒸れた匂いがした。

同じ村から通う三人の同級生と廊下に出ると、他の教室からも村の子供たちが廊下に姿を現わした。下級生の中には、授業途中で家に帰れることが嬉しいらしく、口もとをゆるめている者もいた。

土間で長靴をはき、全員が集ったのを確認した校長が、雨合羽をつけて校舎を出ると、雪をふんで歩き出し、綱夫たちもそれにつづいた。

校庭をはなれ、丘の裾をまわって竹藪をぬけると、急に波の音がきこえてきた。風も吹きつけていて、積った雪があおられて散っている。綱夫は、いつの間にか気象状況が悪化しているのを知った。

校長は、川ぞいの道を足早に進み、時折り足をとめておくれがちの下級生が追いつくのを待つ。風呂敷につつんだ弁当箱が腰に温く感じられていたが、それも冷えた。

前方にトンネルの入口が見えてきた。その岩山にある数本の松の上に烏《からす》の群が舞っているのを眼にした綱夫は、海が荒れている折にみられる情景であることに気づいた。

校長はなにも言わぬが、漁に出ている船が流されたのか、それとも姫島との間を連絡する伝馬船がくつがえりでもしたのか。いずれにしても人命にかかわる出来事が発生したにちがいない、と思った。

トンネルの中を小走りに進んだ校長が、出口の外で足をとめた。綱夫は走り、校長のかたわらに立って海に眼をむけた。

海は荒れ、沖から波が段状に磯にむかって押し寄せている。七つの島は波におおわれ、姫島にわずかに黒い岩礁が見えるだけであった。登校前に眼にした海とは、別の海になっていた。

校長が走り出し、綱夫たちも海に眼をむけながら海岸ぞいの道を駈けた。波が轟音をあげて磯でくだけ、飛沫がふりかかってくる。

村が近づくにつれ、姫島の上にかなりの数の人が残っているのが見えてきた。所々に寄りかたまってうずくまっているらしく動かないが、立って手をふっている者もいる。

浜では、人々が動きまわり、甲高い叫び声と泣き声が交叉していた。浜に駈けおりた綱夫は、それらの人の渦の中に巻きこまれた。

海に眼をむけて立っている村長に、女たちがしがみついて泣きわめいている。それらの女たちは、あきらかに島からもどってきた者たちで、チャンチャンコを着、長靴をはいていて、島に残った者たちの救出を懇願していた。

不意に母と姉のことが思われ、綱夫は、狂ったように浜を駈けまわった。人の体にぶつかり、何度もよろめいては倒れた。

かれの眼に、波打ちぎわで島にむかって泣き叫んでいる女の一団が映った。その中に太った体をした母がいるのに気づき、しがみついた。母は、一瞬、綱夫の顔を見たが、すぐに島の方向に視線をもどした。

髪を乱した母の口から、千代子という叫び声が繰返しふき出るのを耳にした綱夫は、背筋に氷の棒をさしつらぬかれたような感覚におそわれ、島に視線をすえた。波浪が島に激突し、白い飛沫と泡立った海水で岩礁が消え、水がひくと点々と寄り集っている女たちの姿が浮びあがる。

波のうねりがさらにたかまったのか、人の体が波にはねあげられるのが見え、浜に悲痛な叫び声が起った。飛沫を吹き散らしながら波が島の上にのしかかり、数人の女が押し流されて岩の上からこぼれ落ちた。

浜には、近隣の町村から駆けつけたらしい多くの男たちが集っていた。

かれらは、互に言葉を交していたが、一艘の伝馬船が浜に引きおろされ、二人が乗ると波にむかって押し出された。無謀としか言えない行為で、くつがえるのは必至に思えた。船が海に出たのに気づいた女たちは、泣きながら手を合わせて念仏をとなえはじめた。

船は波間にかくれ、まきこまれたかと思えたが、突然、おどりあがるように波頭の上に姿をみせた。綱夫も、自然に手を合わせていた。

船が、波に見えかくれしながら徐々に島に近づいてゆく。島の上でそれを眼にしたらしい女たちが、その附近に集ってくるのが見えた。

船は、しばらく波に上下していたが、島に近寄ることができぬらしく、やがて舳《へさき》をまわすと引返しはじめ、失望の声が周囲の人々の口からもれた。船が岩礁に突きあたれば砕け散ることはあきらかで、綱夫にもそれはやむを得ぬことに思えた。

しかし、その直後、かれは船がむなしく反転したのではないことに気づいた。船に乗っている男が島に泳ぎついて岩にロープをとりつけたらしく、船と島の間にロープがみえ、それが船の動きとともにのびてくる。綱夫は、ようやく男たちが島と浜の間にロープを張るため船を出したことを知った。

船が、岸に近づいてきて、波にのしあげられながらたたきつけられるように砂地の上に滑りこんできた。

船から這い出た二人の男は砂地に膝をつき、他の男たちが男の一人の手にするロープをつかみ、道ぎわの松までのばして縛りつけた。

にわかに男たちの動きが活潑になり、伝馬船三艘に男たちが乗り、ロープづたいに浜をはなれた。

船は、つらなって波に立ちむかいながら進んでゆく。村長のかたわらには、隣町の町長や警察署長たちが身じろぎもせず立っていた。

三艘の船が島に近寄り、しばらくの間波にもまれているのが見えたが、やがて一艘がロープづたいに引返しはじめた。船には男たちだけではなく、うずくまっている者たちが乗っているのが見えた。船は波に上下し、水しぶきにつつまれながら進んでくる。綱夫は、ひしめく大人たちの間にはさまって船を見つめていた。

船が波に大きくせりあげられ、すさまじい速さで浜に突っこんできた。集っていた男たちが水を蹴散らして進むと、船をつかんで砂地に引きあげた。

船の中には、女たちが仰向けになったり突っ伏したりしていて、それらを一人ずつ引きずり出すと、男たちが背負い、道の方へのぼってゆく。家族や親戚の者たちが、その後を追っていった。

伝馬船が新たに近づいてきたが、その船は波に押されて浜で横転した。血を流し、体も動かぬ女が背負われた。

伝馬船には交替の男が乗って、再び島にむかった。救出された女たちは、ほとんど意識がなく、顔に血の色はみられず、傷口のひらいている者もいた。

三度目の伝馬船が島にむかった頃、あたりが薄暗くなりはじめた。

その頃、浜の所々であわただしい動きがみられ、泣き声も起っていた。押し寄せる波に乗った水死体が浜に近づき、男たちは波がひくと海中に入り、遺体をつかんで引上げた。戸板がはこばれ、それらは波打ちぎわをはなれた。

伝馬船が島から引返してくるのが、かすかに見えた。夕闇が濃く、その中の一艘はくつがえり、浜についたのは二艘だけで、顚覆《てんぷく》した船を操っていた男の一人が浜に泳ぎついた。

海が闇につつまれ、浜の二個所に火が焚《た》かれた。炎が、沖から吹きつけてくる風にはためく布のような音を立ててなびき、火の粉が砂地に散る。母は、焚火の近くにうずくまっていた。

長い夜が明けた。風は絶えたが、波のうねりは高かった。

海岸線に男たちが散って、磯に打ち寄せられている八つの遺体を引きあげた。姉の遺体はその中にあった。頰かぶりをしていた手拭はもとよりチャンチャンコや長靴も失われていた。

午後には波も衰えたので伝馬船が出され、日没時までに六個の死体を収容した。

波浪の中を島から救出された女たちの衰弱はいちじるしく、家族たちは乾いた布で体を摩擦し、熱い味噌汁を少量ずつ口にふくませた。意識のかすんだ女たちは眼をとじがちで、眠れば死ぬと言われているので家族たちは頰をたたき、体を所かまわず強くつねることを繰返した。しかし、救出された五十一名の女のうち四名が死亡した。

その夜、警察署の指示で遭難死した者の調査がおこなわれた。確認された遺体は二十五、行方不明八であった。

遺体を荼毘にふすことになったが、村の焼場の竈《かま》が一つなので、短期間にすべてを焼くことは不可能であった。隣町の火葬場を利用させてもらうことも考えられたが、死者は先祖と同じ村の焼場でという感情が根強くしみついていて、それを口にする者すらいなかった。

村で一日に偶然、二人以上の死者が出た折には、死亡時刻によって順番が定められていたが、この事故による死は同時のものと解され、翌朝、村長の家に男たちが集って協議がおこなわれた。

正午近く、村長からの使いの者が、綱夫の家にもやってきた。

姉の遺体のかたわらでうずくまっていた母は、腰をあげ、汚れた長靴をはいた。綱夫は、母の後について家を出た。路上で他の遺族たちと顔を合わせたが、無言で頭をさげ合うだけであった。

村長の家の門をくぐり、土間に入ると、多くの男や女たちが暗い眼をして集っていた。遺族が一人残らず集ったことが確認されると、炉ばたに坐っていた村長が腰をあげ、上《あが》り框《がまち》に立った。遺族たちは頭をさげた。

村長が低い声で悔みを述べ、遺体を荼毘にふす方法について口にした。

公平を期して籤《くじ》で順番を定め、その間に行方不明の遺体が発見された折には、冷い海に長い間漂っていた不幸を考慮して、順序にかかわらず優先的に焼場へはこぶ。竈は昼夜の別なく火をたやさぬようにするが、一日に二体焼くのが限度なので、順番を待つ遺体は、腐敗せぬよう雪をつめた柩におさめ、寒所に置く。葬儀は、遺体すべてが骨になって壺におさめられた後、村全体でおこなう。

村長が口をつぐむと、遺族たちは、再び頭をさげた。

村長が炉ばたにもどると、男の一人が立ち、遺族の名を口にした。

老いた男が板の間にあがり、村長に手をついて頭をさげ、広い座敷に足をふみ入れた。そこには、短冊型に切った紙が並べられていて、老人は一枚を手にして炉ばたに坐る男に近づき、さし出した。男は、紙を裏返し、そこに記された順番を半紙に書きとめた。

遺族たちが一人ずつ座敷に行き、母も名を呼ばれて紙をとった。土間にもどってきた母は、無表情だった。

村長のもとから急ごしらえの柩が遺族たちの家にとどけられ、母は、納戸に置いた。近所の者たちの手をかりて柩に雪を敷き、その上に白い着物をつけた姉の遺体をおろした。体が雪でおおわれ、顔と合掌した指先がのぞくだけになった。

不意に母が、鋭い悲鳴に似た泣き声をあげ、柩のふちをかたくつかんだ。それまで涙ぐむことはあっても泣くことをしなかった綱夫も、首をふりつづけて泣いた。

その日から、山あいの焼場で、煙が立ちのぼるようになった。煙は紫色であったり、時には黒ずみ、風に激しくなびいていることもあった。夜間には、その部分がほのかに赤く染っていた。

近所の女たちが家にやってきては、柩の前に坐って線香を立て、掌を合わせた。女たちの慰めの言葉に、母は涙ぐみ、言葉少く事故の起った折のことを口にしたりした。

天候が急変したのは岩海苔採りをはじめて二十分ほど後であった。沖に黒雲が湧き、それが急速にせまって頭上をおおった頃、強風が吹きつけ、波が立ち騒ぎはじめた。

伝馬船を操って島にあがっていた男たちは、見張り役もかねていて、女たちに声をかけ、急いで船にもどるよううながした。女たちは五人一組で行動することになっていたので、船の近くにいた母は、四人の女と船に乗った。

船が島をはなれ浜にむかったが、振向いた母は、すでに島が押寄せる波に洗われ、海水に膝までつかった女たちが、互に肩を組合っているのを見た。船が浜についた頃には、波が荒れ狂い、船は島に引返すこともできなかったという。

「千代子の体がもどってきただけでも、幸いと言わなければならんのです」

母は、うつろな眼をしてつぶやくように言った。母がひいた籤は二十二で、朝、夕、柩に雪を補うのが綱夫の日課になった。

事故が起ってから二日後に一体、五日後に三体、翌日に二体が磯や海上で発見され、定めにしたがって早目に荼毘にふされた。おくれて引きあげられた遺体は、ほとんど裸で、耳、鼻はもとより手足が欠けているものも多かった。水温が低いので腐敗はしていなかったが、体は濃い紫色に変色し、頭髪がぬけていた。

その日、浜にあげられた遺体も、夕方には焼場にはこばれた。

二日後の朝、村長の使いの男がやってきて、夕刻に姉の柩を焼場へ持ってゆくように、と言った。

母は礼を言い、綱夫は、母に命じられて親戚の家をまわってそれをつたえ、読経の巧みな女の家にも行った。

親戚の者や近所の者たちが集ってきて、姉の体を柩の中から床の上に移した。冷かったろうに、と、老いた伯母は姉の顔をなぜて泣いていた。

男たちが家の裏手に柩を持ち出し、雪をとりのぞくと古びた毛布を敷き、あらためて姉の体を入れ、白い布をかけた。硬貨を小さな袋に入れて足もとに置き、夜でも冥途《めいど》をたどれるようにマッチと細い蠟燭《ろうそく》も添えた。燈明がともされ、女の読経がつづいた。

午後になると、雪になった。春の気配が近いのを感じさせる水分を多くふくんだ雪であった。

夕刻が近づき、男たちが柩に縄をかけ、丸太でかついだ。綱夫は、雨合羽をつけた母たちと柩の後について雪道を進んだ。路上で出会う村の者たちは合掌し、母に短い悔みの言葉をかけた。

柩は、トンネルの入口の手前で左に折れ、膝まで雪に没する上り傾斜の山道をのぼり、トタン張りの焼場の屋根の下にはこびこまれておろされた。

二人の男が待っていて、はこんできた男たちと柩をかかえ、竈の中に押しこみ、鉄製の扉をとじた。母が、柩をはこんできた男たちや近所の者に礼を言うと、かれらは竈に合掌し、暗くなった雪道をおりていった。綱夫と母以外に残ったのは、伯母と叔父夫婦、それに隣家の女だけであった。

竈の下には火がまだ残っていて、二人の男がなれた手つきで交互に太い薪を投げ入れると、すぐに火が起った。

綱夫たちは、男にうながされて隣接した小舎に入った。土間につづいて板の間があり、中央に炉がうがたれ、炭火がおこっていた。

母は、はこんできた風呂敷包みを女とともに、煮物と握飯を盛った鉢や大皿を男たちの前に置いた。そして、一升瓶をかたむけて酒をすすめ、男たちは茶碗でうけた。深い静寂がひろがっていて、焼場で火の燃えさかる音がしているだけであった。

綱夫は、握飯に手をのばした。母が叔父や女と茶碗に酒をつぎ合い、飲みはじめた。母の顔には悲しみの色はなく、姉の体を骨にできる安らぎが、おだやかな眼の光になってうかんでいる。明日からは雪にうもれた姉の死顔を見ることもなく、雪を補う必要もないことに、かれの気持もなごんだ。

まだ発見されぬ一個の遺体のことが、想像された。沖にはこばれ、潮に乗って遠く押し流されてしまったのか。それとも海底に繁茂する海草の中にはまりこみ、藻にからみつかれて浮き上ることができないのか。いずれにしても、波にうたれ岩礁に突き当って、手足や首が欠けているにちがいない。その未発見の遺体は、初めて岩海苔採りに参加した背の低い十七歳の娘であった。

母が、姉の体がもどってきただけでも幸いと言うべきだ、と口癖のようにもらしていることが、あらためて納得できた。目立った傷もない姉の体を焼く夜をもったことを、感謝しなければならないのだ、と思った。

近隣の者たちは、その娘の遺体が発見されずに終れば、村長は仮墓をもうけ、他の遺骨すべてを埋葬するよう指示するのではないだろうか、と言っている。墓地は、焼場から少し道をのぼった台地にあって、千石船の船持ちの石垣をめぐらした墓などもあり、それらは、村が海と切りはなせぬ性格をもっていることをしめして一つ残らず碑面を海にむけて立っている。

再び握飯を手にした綱夫は、酔いに頰をかすかに染めた母の横顔をうかがった。卒業式は十日後にせまり、村をはなれる日も近い。

男の一人が、薪を加えるため腰をあげ、小舎の外に出て行った。

果物籠

回転椅子をまわして机の前をはなれた平瀬は、広いガラス窓に近づいた。澄んだ秋の陽光をあびた午後の街がひろがっている。

病死した父のあとをついで五階建ての社屋の最上階にあるこの部屋で執務するようになってから十年がたつが、窓の外をながめながら会社の経営状態や将来のことを考えるのが習わしになっている。

初めの頃は、足もとの床が今にもくずれ落ちるような不安をおぼえることが多かったが、それも年を追うごとに薄らぎ、経営上支障となる要素は少しもないという安らいだ気持に変ってきている。地下と一、二階の売場には、十分に吟味された輸入物をふくむ果実類や缶詰などが明るい照明をあびて陳列され、定期的に研修をうけさせている店員たちが礼儀正しく客に接し、三階のフルーツパーラーには静かな音楽の旋律が流れている。客の嗜好《しこう》は、年々、高級品にむけられる傾向が濃く、売上高も着実に伸びている。堅実を旨とした父の経営方針をそのまま踏襲していることに変りはないが、入念な市場調査をした上で新たに店を二つ開き、いずれも予期以上の成績をおさめている。

父の坐っていた椅子に初めて坐った頃は、窓から街のほとんどを見下すことができたが、十階以上のビルが加速度的に建設され、それらの壁面にさえぎられて視野はせばまっている。わずかにひらけている東の方向も、駅をへだてて高層ビルが立ちならび、新たにビル工事がはじまるのを眼にするたびに、自分の会社の資本が小規模であるのを感じるが、小さくとも内容は充実しているのだ、と胸を張るような気持にもなる。

二日前にカリフォルニア州を中心にした半月間のアメリカ旅行から帰り、一日休養をとって出社したので、各部の責任者からの報告をうけたり打合わせがあったりして、街に眼をむけるひまもなかった。見なれた窓外の眺めであったが、駅をへだてた所に建築中であったビルをおおっていた黄色いシートがはずされ、煉瓦《れんが》色の壁面があらわれているのに気づいた。窓ガラスを眼で数えてみると十七階で、周囲のビルが白系統のものが多いだけにその色が際立ってみえる。ホテルだというのを耳にしたことがあるが、いかにもそれらしく見えた。

電話の信号音がしたので、机の前にもどると受話器をとった。

交換手が、菊池様からですと言い、切替え音がすると、しわがれた菊池の声が流れてきた。

「元気かい」

いつものように菊池は、言った。

平瀬がアメリカに商用で行っていたことを口にすると、そうか、と答えただけで、菊池は黙った。なにか用件があってかけてきたのだろうが、海外から帰ってきたばかりの自分に遠慮している気配が感じられる。

「なにか用かい」

平瀬は、腰をおろした。

「ハブが死んでね」

平瀬は一瞬意味をつかみかねたが、

「ああ、あのハブか」

と、答えた。

「君も知っての通り、ハブの家はおれの家のすぐ近くだからね。明日が告別式だが、大阪へ出張することになっているので、今夜の通夜に行くつもりにしていたのだ。ところが、出社前にハブの娘が家に来てね、中学時代のお友達にも報せて欲しい、と言うんだよ」

菊池の声には、当惑のひびきがふくまれている。

平瀬は、返事のしようもなく口をつぐんでいた。

「おれは近所づき合いで仕方がないが、君たちには関係ないものな。それでも一応、同期会の世話役である水原にはつたえようと思って電話をしたら、まあ私は、御遠慮しておきましょう、と言われた。それで、同期会の有志一同という名札をつけた供物《くもつ》は出してもよいか、ときいたら、それはいいだろうと言うのでね。君に頼んで果物籠をハブの家にとどけさせてもらいたいと思ってさ」

「それはすぐ手配はするがね」

平瀬は答えながらも、菊池が自分に電話をかけてきたのは、ためらいがちの声から察して、通夜に同行してくれる気はないかと打診してきたのだ、と思った。

水原と同じように行く気持などないが、このまま突き放してしまうのは冷淡すぎるようにも思える。菊池は中流の建設会社の常任監査役をしているが、総務部員であった頃から会社関係の慶弔《けいちょう》があるたびに果実の注文をしてくれている。それに対する義理もあるが、それよりも中学時代から人の善さを相変らずもっているかれに、素気ない態度をとることもできない。

通夜などどうでもよく、それを利用してかれと酒を酌み交そうか、と思った。旅の疲れはほとんどとれているが、数日は時差ボケで頭もすっきりしないだろう。仕事とは無関係なかれと酒を飲むのは、時差ボケを追い払うのに効果があるにちがいない。新鮮な魚を出す店のカウンターの前にでも坐って、酒を口にしたかった。

「君と酒を飲むために行くか。幸い今夜はあいている」

平瀬は、ケースから煙草をつまみ、ライターに手をのばした。

「海外から帰ってきたばかりなのだから疲れているだろう」

「いや、久しぶりに日本酒も口にしたいからさ」

「そうか。そうしてくれるとおれも助かる。なにしろ近所づき合いというものがあるのでね」

菊池の声は、明るくなった。

平瀬は、通夜の時刻に果物籠をもって菊池の家に車で行くと言い、受話器を置いた。

煙草を灰皿でもみ消したかれは、再び机の前をはなれてガラス窓の前に立った。帰国して初めての外出先が、ハブの家であることが可笑《おか》しく思えた。通夜へ行くのを約束したことに悔いはなく、菊池と酒を飲むのが楽しく感じられる。が、酒を飲みたいならどこにでも気心の知れた店があるのに、通夜を利用して、と考えるのは、やはり時差ボケのせいかも知れない。

街は、傾きはじめた西日で輝きを増していた。

菊池の口からハブという言葉がもれたのは、昨年の一月下旬、春にもよおされる同期会の幹事会が季節料理屋の二階でおこなわれ、打合わせを終えた時であった。年に一回ひらかれる会の幹事は五名ずつ毎年交替し、世話役の水原を中心に会場、日時その他をきめる。その年は、平瀬も、菊池とともに幹事に指名されていた。

「ハブって、教練のか」

平瀬たちは、思いがけぬ名を耳にして、菊池の顔を見つめた。

「生きていたのか、ハブ」

水原が驚いたように言ったが、それは他の者にも共通した感慨だった。

菊池は、ハブと会ったいきさつを話しはじめた。

都心のマンションに住んでいたかれは、妻の希望もあって一戸建ての家に住みたいと思い、郊外に建売り住宅を見つけ、年末の休みを利用して移り住んだ。妻とともに近所への挨拶まわりをした時、一軒の家の戸口に井波という表札が出ているのを眼にし、珍しい姓なのでハブのことを連想したが、まさかと思う気持が強かった。

二日前の夕方、出張先から帰宅した時、その家の前に杖をついた老人が立っていて、思わず足をとめた。すっかり老いていたが、白眼のかった眼はハブのそれで、かれは自然に頭をさげた。

どなたですか、と問われ、かれは姓名を口にし、卒業した中学校の名を告げ、井波先生ではありませんか、とたずねた。老人の顔に驚きの色がうかび、近寄ってくると、なつかしそうに菊池の顔を見つめた。

立話をしたが、みなさん元気か、と言われ、毎年、同期の者が集り、今年も会をもよおす、と答えた。幹事会が翌々日にあるので会のことを口にしたのだが、それが思わぬ申出をうけることになった。昨日、菊池が出社した後に、井波が家にやってきて、昔の教え子がなつかしいので、その会に招いて欲しい、と妻に告げて去ったという。

「会に出たいって」

医科大学の講師をへて父の病院をついでいる君原が、甲高い声をあげた。

平瀬たちは、呆《あき》れたように顔を見合わせた。

「驚いたね。それでなんて返事をした」

水原が、たずねた。

「仕方がないだろう。女房は、主人につたえますと言ったさ」

菊池は、答えた。

「呆れたね。教え子か。なつかしいだとさ。ハブは、戦時中、自分のしたことをおれたちがどう思っているのか、わからぬはずはないんだがな。ボケてしまっているんじゃないのか」

君原が、苛立ちと憤りのまじった表情で、平瀬たちの顔を見まわした。

「もしもハブの希望通りに同期会に招いたらどうなる」

水原の眼に、興味深げな光がうかんだ。

「おれは殴るね。おれだけじゃない、ほかの者もやるよ。袋だたきだ」

君原は、眼を光らせた。

平瀬たちは口をつぐみ、コップにビールを注ぐ者もいた。

「あいつ、生きていたのか」

水原が、再びつぶやくように言った。

「いくつになったんだ。かなりの年だろう」

銀行の取締役をしている根本が、初めて口を開いた。

「七十八だと言っていた」

菊池が、ビール瓶に手をのばしながら答えた。

「すると、あの当時、四十にもなっていなかったのか」

根本が、何度もうなずいた。

「ハブのこと、どうするね。菊池もハブに返事をしなければならぬだろうしな」

水原が、世話役らしい口調で言った。

「近所だし、ことわるにしてもそれらしい理由をつけないと……。おれが余計なことを口にしたのがまずかった」

菊池は、白くなった髪を軽くなでた。

「どうだい、思い切って呼んでみるか。騒ぎになるだろうな。活気が出ていいか」

水原が、小太りの体をゆすって笑った。

「まさか殴るやつもいないだろうが、せっかくの会が白けるよ」

平瀬は、水原が本気でそんなことを言っているとは思わなかったが、物にこだわらぬ性格のかれなので実行するような危惧もいだいた。

「弱ったね。菊池の立場もあるしな」

根本が、菊池の顔に眼をむけた。菊池は、困惑したように黙ってビールを飲んでいる。

「どうだね。もう一度幹事会をやるんだから、その席に呼んでやるか。同期会ではなくクラス会を開いているのだということにして……。みんな仕事をもっているし地方に出ている者もあるので、毎年五、六名しか集らないと言ってさ」

水原の言葉に、平瀬は、頬をゆるめた。祖父の代からの魚市場に直結する水産会社を経営している水原は、立場上さまざまな問題を持ちこまれ、気軽に引受けて手ぎわよく処理しているのだろう。同期会は五十名近く集り、ハブを招けば酔いも手伝って殴るまでのことはしなくても、荒い言葉を浴びせかける者は必ずいる。会の空気は異様なものになり、それよりも水原の言うように幹事だけの席に招く方が無難にちがいなかった。

水原が、言葉をつづけた。

「それにさ、四十年たったハブの顔をちょっと見てみたい気持もあるしな。自然にあの頃の話になるだろうが、そうなればハブが詫びるかも知れない。それを同期会で報告するのも一興だぜ」

「詫びるかね」

君原が、疑わしそうな眼をした。

「口に出しては言わないかも知れぬが、心の中ではすまないと思っているはずだよ。ハブだって人間だもの」

水原の顔には、相変らず笑みがただよっている。

「たしかにハブの顔を見てみたい気持はある」

根本が、うなずいた。

そのひとことで、話はまとまった。欠席している公立病院の産婦人科医長をしている亀岡には、水原がその旨をつたえることになり、二次会のバーに足を向けた。

しかし、翌日、水原から平瀬のもとに電話があって、亀岡が席に出る意志のないことをつたえてきた。殴ってもいいなら出るが、と亀岡は言った。亀岡は、ハブに殴られて耳の鼓膜が裂け、以後、慢性中耳炎になって難聴が年を追うごとに甚しくなっている。近々、手術をするため入院するが、その腹いせに思い切り殴りつけてやりたい、と冗談ともつかぬ口調で言ったという。

「恨みは深いわけだ」

水原は、沈んだ声で言うと電話を切った。

陸軍中尉井波武三郎が、配属将校として学校に着任したのは、平瀬たちが中学二年生になった時であった。

教練の課目は入学時からあったが、体操の時間とほとんど変らぬ悠長なものであった。

教官は、カーキ色の国民服に戦闘帽をかぶっただけの退役中尉の温和な老人で、直立不動の姿勢、敬礼、整列、行進を教えた。カイゼル髭のような髭をつけ、生徒たちを孫のようにでも思っているのか、強い言葉を口にすることはなかった。

或る日、校庭を四列縦隊で行進していると、事務の男がなにか用事があるらしく教官に近づき、話をしはじめた。

平瀬たちの前方に、鉄扉のひらかれた校門があった。当然、教官は、「左向け前へ」という号令をかけるべきであったが、生徒たちに背をむけて事務の人と話しつづけている。

最前列の者たちがいたずら心をおこし、そのまま門の外に出ると道を進んでいった。平瀬たちは可笑しくてならず、足を速めて行進していった。

ようやくそれに気づいた教官が走って追いかけてきて、

「回れ右前へ、進め」

と、声をかけた。

平瀬たちは反転し、行進して校庭にもどった。

「分隊、止れ」

教官が号令をかけ、かれらはとまった。

「右向け右」

平瀬たちは、教官と向き合った。

怒声をあびせかけられると覚悟したが、平瀬は、教官の髭が異様にふるえ、笑いをこらえているらしいのに気づいた。生徒たちの中から堪えきれぬ笑いの息がもれ、それがたちまちひろがると、教官の表情がくずれた。それをみた生徒たちは、一斉にはじけるような笑い声をあげた。

最上級生である五年生と四年生の教練の教官は、久我という肩幅の広い陸軍少佐だった。さすがにきびしさのこもった教練がおこなわれ、生徒たちは、銃器庫から持ち出した帯剣をつけ、銃を手にして、折敷けや射撃訓練をしていた。それでも、少佐の訓示をうける上級生たちの間から笑い声がもれることが多く、少佐は久我さんと呼ばれて親しまれていた。

翌年、久我少佐が出征し、替りに井波中尉が赴任してきた。新任の教師が来ても、教室に入ってきて自己紹介をするだけであったが、井波中尉の場合は、かれ個人の希望らしく講堂に三年生以上の生徒全員が集められ、校長事務代行の教師が井波を紹介した。

軍服にサーベルをさげ黒い長靴をはいた井波は、壇の中央に進み出ると、

「伝統に輝く本校に着任したことは本官の光栄とするところであり、聖戦遂行のため、皆を将来、立派な皇軍の一員とするよう粉骨砕身……」

と、型にはまった訓示をした。

翌日から井波中尉の教練がはじまったが、それまでの教練とは本質的に異ったものであった。服装の点検からはじまり、不動の姿勢をとらせる。それが乱れていると言っては、額を小突き、頰をたたく。軍隊生活同様、遠くからでも教官の姿を眼にした折には、足をとめ不動の姿勢をとって敬礼することを義務づけた。

初めて井波の教練があった日のことを、平瀬は今でも記憶している。教室でゲートルを巻いているクラスの者たちは、口数も少く、何度も巻き直す者もいた。

校庭に出た平瀬たちは、二列横隊で休めの姿勢をとっていた。校舎の玄関から井波が姿をあらわしたのを眼にした組長が、「気をつけ」の号令をかけ、井波が列の前で足をとめると、「教官殿に敬礼、頭、中」と、大きな声をあげた。

井波は答礼し、列の端に歩み寄ると、一人ずつ服装、姿勢、顔に眼をむけながら移動する。服のボタンが垂れぎみであった者のボタンはひきちぎられ、かぶり方が悪いと言って帽子をはねとばされる者もいる。平瀬は、井波が近づくのを意識し、体をかたくしていた。

井波が前に立ち、

「顎を引くんだよ」

という言葉とともに、手がのび、頬を強くつねられた。井波の眼には、蔑《さげす》みと笑いの色がうかんでいた。

井波中尉の着任で、校内の空気にいちじるしい変化が起った。いつの間にか井波だけではなく、一般の教師の姿をみても敬礼する定めになった。生真面目な表情をして頭をさげる教師もいたが、照れ臭そうに軽く手をあげたり、書道の教師は、指揮官の礼のように半紙をおさめた紙筒を軍刀に模して額の前で垂直に立て、右へ素速くおろしたりした。

井波が赴任してきた理由について、上級生の間からもっともらしい話がつたわってきた。校歌に自由、自治という言葉がふくまれている校風が戦時下の空気に反するものなので、それを是正するため兵の訓練に特にきびしい井波が送りこまれてきたのだ、という。年一回おこなわれる各中学校に対する軍の査閲で、平瀬の学校は毎年最低に近い判定しかあたえられず、その話は、確実性があるように思えた。

この説を裏づけるように、査閲が近づくにつれて井波の態度は険しいものになった。手を出すことが増し、鼓膜を破られる者も出るようになった。石を口の中にねじこんだり、足払いをかけるようなこともする。それでも男か、と、下腹部をサーベルの鞘《さや》の先端で突かれ、うずくまる者もいた。

そのような教練によって、生徒たちの姿勢は正しくなり、整列すると見事な直線をえがく。捧《ささ》げ銃《つつ》の号令とともに、一瞬のおくれもなく銃が生徒たちの顔の前に支えられ、立て銃の声でおろされた。

査閲の日がやってきて、平瀬たちは荒川放水路の広い河川敷に集合した。他校の生徒の集団もみえた。

定刻にカーキ色の軍用自動車が、土手の道をつらなってくだってきて停止し、大佐の襟章をつけた将校と数名の将校、下士官が降り立った。

平瀬たちは、二列横隊にならび、抜刀した組長の号令で近づいてくる査閲官に顔をむけた。乱れの全くないもので、平瀬は秀《すぐ》れた採点が得られるにちがいない、と思った。

上級生たちは立射、伏射をし、銃に着剣して散開した。抜刀した組長が、「突撃に、進め」と号令をくだして走りだすと、他の者も喊声《かんせい》をあげて走り、停止して刺殺の構えをとった。その情景も秩序立っていて、気迫にみちてみえた。

やがて査閲官の講評がおこなわれ、判定結果がつたえられた。意外にも可で、平瀬はいかに他校の教練の内容が高い水準にあるかを知らされた。

査閲の成績が悪かったことで、井波の言動は荒々しさを増した。殴ることが常習化し、鼻血を流したり唇をはらす者が続出した。「腑《ふ》ぬけばかりいる最低の学校だ」というのが口癖になり、「馬鹿たれ」と声をあげて拳《こぶし》をふるう。

教室で軍人勅諭の講義をうけた日、正確に暗記した者が少いと言って、全員、校庭に出された。雪が積っていたが、井波は、平瀬たちを裸足《はだし》にさせ、四列縦隊で「駈歩、前へ」と命じた。

平瀬たちは校庭をまわりはじめたが、何周しても「止れ」を口にしない。井波は、校舎の玄関の前でサーベルを両手で突き、生徒たちを見つめている。足の感覚がうしなわれ、激しい疼痛におそわれた。井波が教室へもどれと命じたのは、十周以上もしてからであった。

生徒たちの間で、ひそかに井波を毒蛇に見立ててハブと渾名《あだな》するようになっていた。井波の波と武三郎の武を組合わせたのである。かれらは井波におびえながらも、陰では井波の悪口を言い合っていた。

教師たちの表情はかたく、井波に従順をよそおっているようにみえたが、反感をいだいていることは、平瀬たちにも察せられた。口をとがらす癖のあることから蛸《たこ》という渾名をつけられていた英語の老教師は、開戦直後、教室で、

「今度の戦さは、うまくゆかないぜ。うまくゆくはずがないんだよ」

と言って、平瀬たちを驚かせた。そして、井波に殴られ顔をはらした生徒に気づかわ

しげな声をかけると、

「ハブも、ああいうことをするのが商売なんだ。がまんしろや。こういう御時世じゃ仕様がない」

と、諦めの色を眼にうかべて言ったりした。

平瀬たちが三年生になってからおこなわれた査閲では、おおむね良好の成績を得て、井波はそれに力を得たらしく、「なせばなるということを忘れるな」と、声を張りあげて訓示した。

富士の裾野の兵舎で四泊五日の野営訓練がおこなわれた時は、騎兵科である井波は馬に乗って得意そうだった。夜の点検で、たたんだ毛布の端が揃っていないと言って多くの者が殴打をうけ、平瀬も鼻血を流した。

その頃から軍需工場へ勤労動員されるようになり、定期的に学校へ行っては教練を受けた。四年生になって間もなくうけた査閲は優で、初めて井波の顔に笑いの表情がうかぶのをみた。

五年生になると工場勤務が主になり、教練の時間は激減した。空襲が本格化し、平瀬は、工場の休憩室で、井波が本土決戦のため内地勤務を命じられて学校を去ったことを耳にした。終戦の半年前であった。

戦後、同級であった友人たちと顔を合わせると、必ずと言っていいほど井波の話になった。井波に内申書の教練の成績を可とされ、志望の上級学校に進学できなかった者もいて、互に憎しみの言葉を口にし合った。井波が警察官になったという話や靴みがきをしているのをみたということもつたえられたが、いずれも根拠のない噂であるようだった。

幹事会の席に井波を招く夜の前日、水原から電話がかかってきた。

「ほかの者にも電話をするつもりだけれど、明日の夜、ハブをとっちめるようなことはしない方がいいと思うんだがね。チクリチクリやるのはいいとしてもな」

水原は、妙な雰囲気になることを恐れているらしく、平瀬は、それは無理もないと思った。

「わかっているよ。年寄りをいじめてみたところで仕方がない。御時世が御時世だったのだから……」

平瀬は、英語の教師の言葉を思い起しながら答えた。

井波に手ひどい目に会ったとは言え、軍隊生活の制裁につぐ制裁のむごさに比べれば天と地の差がある。自由な気風になれていた自分たちには苦痛であったが、他の学校では規律も厳正で、軍事教練も時代の当然な要請としてうけいれられていたにちがいない。いずれにしても、戦時という時間が、井波にあのような態度をとらせたのだろうし、今になってそれを責めるのも大人気ない、と思った。

翌日の夜、平瀬が季節料理屋の二階に行くと、菊池をのぞいた水原たちがすでに集っていた。

同期会の最後の打合わせをすませて間もなく、襖がひらき、長身の菊池が姿をみせた。

「お連れした」

平瀬たちは、坐り直した。

白い頭髪を短く刈った老いた男が、五十年輩の和服姿の女に付添われるように入ってくると、水原のすすめるままに床の間を背にして坐った。男は、おだやかな笑みを顔にうかべていたが、三白眼の眼に、平瀬は、軍服を着た井波の姿を思いうかべた。

水原が、クラス会と言っても七、八名が集るだけで、今回はことに都合のつかぬ者が多く、出席者が少いと弁明し、

「よくおいで下さいました」

と言って頭をさげ、平瀬たちもそれにならった。

菊池が、平瀬たちの姓名を一人ずつ井波につたえ、付添ってきた女性を井波の娘だと

平瀬たちに紹介した。井波に似て浅黒く、面長であった。

娘がついてきたことは、予想外であった。水原はとっちめるようなことをするな、と言ったが、娘の前でそのような言葉を口にすることはできず、チクリチクリやることすらはばかられる。娘が同行することをつたえてくれなかった菊池に不満だったが、かれもそれを知らず迎えに行ったのだろう。

井波は、水原のつぐ酒を杯にうけながら、

「皆さん、御立派になられた。会うことができてまことに嬉しい」

と、言った。

平瀬たちは口をつぐみ、もっぱら水原が井波の話し相手になった。井波は終戦後、故郷へ帰って農耕に従事していたが、軍人仲間の誘いをうけて小さな建築会社に入り、五年前に退社して、婿養子をとった娘とともに暮しているという。

井波は酒が好きらしく、水原が銚子《ちょうし》を近づけると必ずうける。

「教官殿の教練は、きびしかったですね。こたえましたよ」

君原が、水原と井波との会話に苛立ったらしく言葉をはさんだ。

「出来るだけのことはしたつもりだ。ともかく私は、皆さんが入営した暁に、さすがは伝統ある学校の出身者だと言われるように基礎だけはしっかりと教えておきたい、と思った。皆さんも素直についてきてくれたし、私も教え甲斐があった」

井波の眼が、光をおびた。

「父は、皆様の学校で教えていた頃のことをよく話します。充実していた毎日だったと……」

娘が、井波の横顔に眼をむけながら言葉を添えた。

平瀬は、井波の顔をながめた。水原は、井波が詫びるかも知れないと言ったが、そのような気配はみじんもみられず、むしろ感謝されてもよいとさえ思っているようだ。かれにとって、殴るなどということはなんの変哲もないことで、軍事教練を教えこむ上での当然の行為と思っていたのだろう。

「私の最大の喜びは、可であった査閲の成績を優にしたことだ。これで私も学校に対しての義務をはたすことができた、と満足だった。野営をおぼえているかね」

井波が、平瀬たちを見まわした。

「おぼえていますよ。ひどい兵舎でしたね。通路が土で、馬小舎を改造したという話でしたが……。消燈後に南京虫《なんきん》が這い出てきて刺され、顔がはれあがりましたよ」

君原が、刺《とげ》をふくんだ口調で言い、顔をしかめた。

しかし、井波は、その言葉も耳に入らぬように、

「最終日の未明に非常呼集をかけて演習をしたが、明けてくる富士山を馬上から仰いだ時の爽快さは忘れられない」

と、思い起すような眼をして言った。

平瀬は、重苦しい気分になった。野営については、いまわしい記憶しか残っていない。兵舎の中で雑談をしていて井波の入ってくるのに気づかなかったため、友人とともに平手でたたかれ、食事をとるのを禁じられて通路に消燈時まで立たされた。非常呼集で整列が最後になったクラスの者は、全員、罰として互に殴打することを命じられた。力を入れるのをためらった者は、このように殴るのだ、と井波の拳を頰にうけてよろめいた。

友人の顔を殴らねばならぬそのクラスの者たちの辛さが、胸にしみた。

井波が自分たちを手荒く扱ったことを忘れているはずはないが、自分たちに会いたいと言って出向いてきたことから考えると、そのことを少しも悔いてはいないらしい。

井波は、酔いで顔を光らせ、上機嫌に思い出話をつづけている。査閲の成績が優になった後、校長事務代行の教師とともに陸軍省に呼ばれ、讃辞をうけたという平瀬たちの知らぬことも口にした。

水原は酒をついでいたが、いつの間にか相槌《あいづち》をうつだけで言葉を口にすることもなくなった。平瀬たちは、黙しがちに酒を飲んでいた。

一時間ほどたった頃、杯に酒をうけていた井波に、娘が、

「適量をかなりすごしましたよ。このあたりで……」

と、声をかけた。

「そうか」

井波はうなずくと、酒を飲み干して杯を伏せ、食卓の上に音を立てて置いた。杯が割れはしないかと思うほどの強い置き方で、その動作に中学生時代、井波にいだいていた恐れがよみがえった。

水原が、腕時計に視線を落し、

「そろそろお開きにしようか」

と、つぶやくように言った。

平瀬たちは、無言でうなずいた。

「今夜は、皆さんに会えてまことに楽しかった。また、お会いしたい。皆さんの御健康と御活躍をお祈りする」

井波は、背筋をのばして言った。

娘の手をかりて腰をあげたかれの後について、平瀬たちは階下におりた。菊池がタクシーを拾うため外に出て行き、すぐにもどってくると、井波は娘とともに広い道の方に

歩いていった。

平瀬たちは部屋に引返し、水原が、部屋の電話で新たに酒を注文した。菊池がもどってくると、チケットを渡してタクシーに乗せた、と言って腰をおろした。

「どういうことかね、これは……」

君原が甲高い声をあげたが、顔に憤りの色はなく、歪んだ笑いがうかんでいる。

「また会いたいだとさ。本当にどうなっているのかね」

水原が、首をかしげた。

平瀬も、どうなっているのだろう、と思った。井波のことは、戦時中の最も不快な記憶として胸の中に残されていたが、井波と向き合っていても憤りの感情は不思議にも湧いてこず、過去を美化して生きている一人の老人が眼の前にあるだけだった。娘をともなってきたからというわけではなく、井波の顔をみた時から、かれをなじる言葉を口にする気などは失せていた。どうなっているのだろう、といぶかしむ気持は、そうした自分にむけられたものでもある。自分の生きてきた歳月の中で、戦時という時間だけが絵空ごとの芝居ででもあったように感じられ、その登場人物であった井波に、ことさらどうという感情も湧かない。

「ハブと会ったことを、同期会でどのように報告するね」

口をつぐみつづけていた根本が、水原に眼をむけた。

「そうだね。すっかり老いてボケていたとでも言おうか。考えてみろよ。野営の富士山がきれいだったとか、また会いたいなどと言うのは、ボケの証拠だろう」

水原は、気まずそうな表情をして杯に酒をついだ。


夕方、平瀬は、売場主任に社内電話を入れ、売値三万円ほどの範囲で果実、缶詰を多目に入れた籠に、中学校名と有志一同と書いた葬祭用のリボンをつけたものを用意するようにつたえた。

再び社員が部屋に入ってきて、業務報告と打合わせをした。それがすんだ頃、窓の外に暮色がひろがりはじめた。

かれは、その時刻に街の情景をながめるのが好きであった。昼間は白っぽく乾いてみえる街が、水を注ぎ入れられる水槽の水位が徐々にあがってゆくように潤《うる》み、やがてネオンや燈が光りはじめ、その光が闇が濃くなるにつれて冴えを増す。光のひろがりとともに、街のにぎわいも増してゆくようにみえる。

かれは、窓外に点滅するネオンの光を眼にしながら、取引先などからの不意の訃報《ふほう》にそなえて用意してある黒いネクタイをロッカーから取り出し、背広の内ポケットに入れて部屋を出た。

車は、いつものように建物の裏手に待っていて、助手席に黒いリボンのついた果物籠が置かれていた。かれが身を入れると、運転手がハンドルをにぎった。

車が、電光の氾濫する街の中を徐行しながら進み、高速道路にあがった。シートをはずされた煉瓦色の建物が近くにみえたが、下方の階の窓に光がともっているだけで上部に光はない。立ちならぶ高層ビルの建物が、ゆるやかに身をまわすようにして後方へ退いていった。

同期会でマイクを手にした水原が、井波と会ったのを報告した折のことが思い起された。友人たちは一様に驚きの色をみせ、マイクを置いた水原のまわりに集った。嫌味の一つも言わなかったのか、という友人の非難をふくんだ言葉に、水原は、娘を連れてきていたし、年寄りをいじめても仕方がないだろう、と、薄笑いしながら答えていた。二次会に行ってからも井波についての思い出話が多く、

「もうその話はやめにしろ。酒がまずくなる」

という声も起って話題をかえるが、いつの間にか井波の話にもどった。

平瀬は、車窓に眼をむけながら、井波の通夜へ行ったことを知ったら、友人たちは呆《あっ》気《け》にとられるだろう、と思った。かれらに自分の気持を説明するのはむずかしく、戦時

という異常な時代であったのだから、かれのとった行為を恨んでみても仕方がないではないか、と答えたとしても、かれらは納得しないだろう。

反対側の路線は渋滞していたが、こちら側はすいていて、車はかなりの速度で走ってゆく。ヘリコプターが飛んでいるらしく、夜空に赤い光が動いていた。

三十分ほどして高速道路からおり、両側に倉庫や事務所のつらなる道を進んだ。鉄道のガードをくぐって信号のある道を右に折れると、運転手が酒屋の前で車をとめ、店内に入っていった。平瀬はネクタイをはずし、黒いネクタイに替えた。

運転手がもどり、車が動き出した。商店がつづいていて、豆腐屋の角を曲った。住宅がならび、モルタルづくりのアパートもある。

車が、静かにとまった。窓ガラスをおろして右手の家の表札をうかがっていた運転手が、

「こちらですね」

と言って外に出ると、後部座席のドアをあけた。

平瀬は、前方の家の前に花輪が一基、ほの白く立っているのを眼にしながら車から降りた。

菊池は建売りの家を買ったと言っていたが、それらしい作りで、二階にせまいベラン

ダが突き出ている。鉄平石のはられた門柱の呼鈴のボタンを押すと、眼の前のドアがひらき、紺の背広をつけた菊池が顔を出した。

「あがらないか」

菊池が言ったが、このまま通夜に行くと答えると、あっさりうなずき、ドアをあけたままにして奥の方へ入っていった。

すぐに菊池がもどってきて、平瀬は、その後から姿をあらわしたかれの妻と挨拶を交した。

菊池が路上に出てきて、平瀬は、かれと肩をならべて門の前をはなれた。果物籠をかかえた運転手が、後からついてくる。

「この近さだからね。素知らぬふりもできないんだ」

菊池は、弁明するように言った。

「死因はなんだい」

「心不全とか言っていた」

菊池は、関心もなさそうに答えた。

花輪の立っている家は古びていて小さく、家の中から読経の声がもれている。戸口の左側に机がおかれ、若い男が一人坐っていた。

平瀬は、菊池とともに机に近づき、細長い人名帳にボールペンで住所、氏名を書き記した。運転手が果物籠を差出し、机の隅にのせた。

男は、立ち上ると頭をさげ、籠をかかえて家の中に入った。土間には黒い靴や婦人用の草履がならび、上り框につづく三畳間には男たちが坐っていた。

机の前に立つ菊池の視線に気づいた平瀬は、その方向に眼をむけた。家の板壁にそった路面に、シートにおおわれた角ばったものが置かれている。シートのつぎ目から古びた環のついた簞笥がのぞいている。平瀬は、家がせまいので祭壇をもうけるため家具を運び出してあるのを知った。

戸口に出てきた男が、

「どうぞ」

と、言った。

平瀬は、土間に入りながら、井波と書かれたひどく大きな表札が戸口にかけられているのを眼にした。香煙が流れ、鉦《かね》の鳴る音がした。

かれは、神妙な表情で靴をぬぎ、菊池の後から畳の上に足をのせた。

銀杏《いちょう》のある寺

一

運ばれてきた和定食は、ビジネスホテルの朝食らしい型通りのものであった。小鉢に入った焦茶色の茸《きのこ》は、この地方でとれたにちがいない見なれぬものであったが、それ以外は、鮭の焼いた薄い切身、海苔《のり》、生卵、それに味噌汁と少量の漬物であった。

笠原は、旅行に出てホテルに泊ると、朝食は和食にするのを習慣にしている。設備の整ったホテルで朝粥《あさがゆ》定食が用意されている場合には、それを注文する。

東京のマンションで一人だけですます朝食は、洋風にかぎられている。洋風と言っても、パンに目玉焼かハム程度で、クッキーとコーヒーだけのこともある。妻が死んでから、朝食は会社の近くの軽食堂などですませたりしていたが、定年退職をした後は、外に出るのも億劫《おっくう》なので、自分で整える。初めの頃は、嫁いでいる娘が、週に一、二度食料品を運んできてくれたりしていたが、笠原が必要はないと繰返し言ったので、そのようなこともなくなっている。

買物袋をさげて食料品店などに行くのは気恥しく、惨《みじ》めにも思えたが、いつの間にかそれにも慣れ、散歩のつもりで出掛けてゆく。好みに合ったパンを売っている店に入ったり、ドイツ人の作るソーセージを買いに電車に乗ってゆくこともある。

たまには、米飯に味噌汁の朝食をとりたいと思い、何度かこしらえてみたが、手間がかかるのが煩しく、作ることはしなくなった。そうした生活をしているので、旅行に出ると、朝は和食ときめている。

かれは、割箸を手にして食事をはじめた。味噌汁は塩気が強く好みに合わなかったが、米飯はさすがにうまく、酢で味つけされた茸も素朴な味がした。

米飯は一杯だけでやめ、若いウエイトレスにコーヒーを注文した。ガラス窓の外には、女子高校生たちが、寄りかたまるようにして足を早めて歩いている。

この町の駅に初めて高根沢と降りたのは、三十五年前であった。その時には、駅前に古びた旅館と暖簾《のれん》のさがった食堂があるだけで、日通の事務所の前に馬車がとまっていたのを記憶している。が、窓ガラスを通してみえる駅前広場にはバスの発着所が設けられ、広場に面してスーパーマーケット、銀行、レストランなどが並び、当時の面影はない。あの頃はむろんこのホテルもなかった。

高根沢とは夜行列車に乗ってこの町につき、その日のうちにはなれた。コートを着ていたから、今と同じ季節の頃だったのだろう。

昨夜、六時すぎにホテルに入った笠原は、食事後、住所録を繰《く》って静岡市に住む高根沢に電話をかけようとし、受話器をとったが、ダイヤルはまわさなかった。長い間会うこともなく年賀状を交換しているだけの間柄なのに、突然、電話をかけ、この町に来ているのを告げることがためらわれたのである。

高根沢は、笠原が町を訪れた理由を一応理解はしてくれるとしても、わざわざ時間と旅費をかけてまで、と思うはずであった。高根沢は七十歳近い年齢になっているが、年賀状には、まだ工務店の仕事を息子とともにつづけており、時間に追われて過している、とあった。そうした生活をしている高根沢は、遠い過去の記憶を思い起して町に足をむけた笠原の行為を、余程暇を持て余しているからだ、と考えるにちがいなかった。

海運会社に勤務して五十五歳で子会社に移った笠原は、代表役員にも就任し、定年を迎えた。顧問という肩書きで残る道はあったが、社を退いたのは、働くだけ働いてきたのだから、ここらあたりで自分の時間を持ちたいと考えたからで、また妻がいないので勤めに出るのが苦痛にもなっていた。

退職後の解放感は、予期以上のものであった。定められた時刻に起床する必要はなく、朝食後、再びベッドに入って新聞をひろげる。今頃は会社の者たちが満員電車に乗ったりして、駅から会社に足を早めて歩いているのだと思うと、申訳ない気はしながらも自然に頬がゆるむ。ワイシャツにネクタイをつけずに外出できることにも気持がなごみ、ポロシャツ姿で街を歩き、映画館に入ったり喫茶店でコーヒーをゆったりした気分で飲む。長野県下の菩提寺《ぼだいじ》へ墓参にも行ったし、京都、奈良の寺めぐりもした。高級カメラを買い、それを肩に歩くこともおぼえた。

悠々自適という言葉そのままの日々であったが、退社後半年ほどしてから思わぬ心境の変化が訪れた。それまでは、朝、眼をさますと、今日はどのようにして過そうかとあれこれ考え、それが楽しみでもあったが、頭の中が空虚になったようになにも思い浮ばず、たとえ思いつくことはあっても、そんなことをしても面白くはない、と考える。

かれは、自由な時間とはなにもすることのない時間であるのに気づいた。

列車に乗って観光地に行っても、名所、旧蹟や景色がうつろに眼に映じるだけで、なんの感慨も湧かない。会社勤めをしていた頃は、唸りをあげて動く機械のようにあわただしく日を過していたが、その動きが急に停止し、体が錆びついた形骸にでもなったような感じさえする。

外へも出ずにマンションの窓から街の情景を長い間立ってながめたり、鏡に映る頭髪の薄れた自分の顔に視線を据えていることもある。寝ころんでテレビの画面を見るともなく眼をむけ、そのまま仮眠することが多い。

街へ出ても行くあてはなく、かれは、電車に乗って郊外にむかう。座席に横坐りに坐って、高層建築の建物が徐々に少くなり低い住宅ばかりになって、やがて樹木が増し、遠く山の稜線がみえはじめるのをながめている。終着駅で降りると、改札口を出て駅前を少し歩き、ホームにもどってベンチに腰をおろし、時には売店で煙草などを買い、上りの電車に乗って引返す。単調だと言えばたしかにそうだが、なんとなく気持がくつろぎ、それに時間が費やされるのが好都合で、その小旅行が気に入ってしばしば電車に乗っている。

妻は、生前、老後のためにもなにか趣味をもつように、と口癖のように言っていた。たしかにかれの周囲には、テニスや囲碁《いご》、将棋を楽しみにし、冬になるとスキー場へ出掛けてゆく者もいる。かれらにきくと、それらは若い頃習いおぼえたもので、現在までつづいているという。が、笠原には、その時期に趣味に類したものを身につけるゆとりはなく、今になってあらためて手ほどきを受ける気にもなれなかった。

中学校から海軍兵学校に入って任官し、艦上勤務についたが、敗戦を迎えて大学に入学し、卒業後、海運会社に就職した。軍艦――フネに対する憧れが残っていたからだが、会社所有の船舶は、戦時中に大半が失われていて、再建のために他の社員たちとともに休日も返上して働き、趣味をもつなどとは縁のない日々を送った。

五十歳を過ぎた頃から、会社ではゴルフをする者が多くなり、かれもすすめられて練習場に通い、コースにも出た。しかし、出張した旅先でギックリ腰になったことがきっかけで、クラブを握るのが恐しく思え、再びゴルフ道具に手をふれることはなくなった。

妻の言葉にしたがって、肉体的にも自信があった頃に、なにか趣味に類したものを身につけておけばよかった、と思う。今からでも遅くはないという考えが胸の中をかすめすぎることもあるが、体が無機物にでもなったようにそれを実行する気力は失われている。

かれが外出するのは、食料品その他の購入と郊外にむかう電車に乗る時とに、ほとんどかぎられていた。

二

東北地方のこの町に足をむける気になったのは、一昨夜、ぼんやりながめていたテレビの画面に映し出された潜水艦の姿を眼にしたからであった。

日本の海上兵力を紹介する番組で、洋上を往く艦艇の後から二隻の潜水艦が縦列で進んでいた。それは、かれが戦時中に乗っていた潜水艦より小型で艦型も著しく異ってい たが、せまく油臭い艦内、砲術長として一四センチ砲の試射をした折の硝煙の臭いと遠い海面に落ちた砲弾の水柱などが、重り合ってよみがえった。

かれは、手枕をして身を横たえたままテレビをながめていたが、眼は画面の動きを追うことはなく、過ぎ去った日の情景を思いうかべていた。

昭和十九年春に紀伊水道で起った思いがけぬ事故。それは、敵機来襲を想定した急速潜航の訓練中に、乗員が甲板上から艦内にとびこんだ後、ハッチを閉めぬうちに潜航したため発生した。海水が大量に艦の下部に流れこみ、艦は、水深四十メートルの海底に沈下し、艦長命令で浸水した艦の下部との境にある司令塔の床のハッチが閉ざされた。

艦長は、浮上のためのあらゆる手段を講じたが効果はなく、自らは艦にとどまり、司令塔内にいた笠原をふくむ十三名の者に脱出を命じた。司令塔上部のハッチが開かれ、かれらは次々に艦外に出たが、海面に顔を出したのは、笠原をふくむ五名のみであった。

北の方向に陸岸が、南に島影がみえ、三名は陸地の方にむかったが、笠原は、島との距離の方が短いと考え、高根沢一等兵曹とともに南へむかった。四時間ほど泳いだ頃、漁船に発見され、船の上に引上げられた。

その後、海上捜索が飛行機、船でおこなわれたが、陸地にむかって泳いでいった者たちは遺体も発見されず、笠原は、自分たち二人だけが生き残ったことを知った。

かれは、高根沢とともに潜水母艦に転属して残務整理をし、その後は乗るべき艦もなく、終戦を迎えた。

それから六年後、大阪支店に勤務していた笠原は、自分の乗っていた潜水艦を引揚げる作業がおこなわれているという小さな新聞記事を眼にした。当時、スクラップは高い価格で取引されていて、国有財産である沈没艦船を大蔵省財務局から払下げをうけたサルベージ会社が引揚げ、スクラップ化することがさかんにおこなわれていた。笠原の乗っていた潜水艦も、その対象になったのだ。

かれは、落着かぬ気持で、ひそかに毎日の新聞を注意してみていた。

三カ月ほど過ぎた頃、艦が浮揚したことが、写真とともに大きな記事になって報じられていた。かれは、写真を見つめた。浮揚作業に使われたらしい大きなドラム缶にかこまれて辛うじて水面上に現われている艦は、洋上を進んでいた姿とは程遠い無様な鉄の残骸にみえた。突き出た夜間潜望鏡の先端には、慰霊のためらしい花束がくくりつけられていた。記事の末尾には、艦内の水と泥を排出後、遺骨収容にあたる、と記されていた。

　不思議にも、現場へ行ってみたいという積極的な気持は起らなかった。艦は、サルベージ会社の作業に託されていて、自分が行ってみたところでただの見物人の一人にすぎず、醜く変化した艦をみるのも辛く思えた。それに、かれは、会社が造船所に発注し完工した貨物船の領収事務を担当していて、時間的な余裕はなかった。

　一カ月後、新聞に遺骨収容が報じられたが、かれは、慰霊祭がもよおされている写真の下に、思いがけず高根沢の顔の写真がのっているのを眼にした。海軍時代とはちがって髪を長く伸ばし、顔の肉付きも増していた。高根沢は、現場の近くの宿屋に泊って、毎日、作業を見守っていたことから、新聞記者に生存者であることを知られたという。かれの談話として、沈没時の状況、救出された経過についで、自分以外に若い笠原という少尉が死をまぬがれたことも記されていた。

　その記事を読んだ笠原は、高根沢に会いたいと思ったが、翌日から本社へ赴いて新造船領収完了を報告する必要があり、東京へむかった。そして、一週間後、大阪へもどると、高根沢の住所をたよりに電話番号をしらべ、電話をかけた。

　高根沢は、艦の浮揚現場から家にもどっていて、会う日時を定め、その日に、笠原は静岡市へ行った。

駅前からバスに乗り、教えられた場所で下車した笠原は、町工場の多い道の角に高根沢工務店と書かれた看板のかかげられている家を見出し、ガラス戸をあけた。

事務机の前に坐って算盤《そろばん》をはじいていた高根沢の妻が、明るい表情で迎え入れ、かれを居間に通してくれた。

近くに行っていた高根沢が、間もなくもどってきた。ジャンパーの下に徳利《とっくり》のセーターを着た高根沢には、工務店主らしさが身についていた。

笠原は、現場へ行けなかった事情を弁解口調で述べ、遺骨収容の状況についてたずねた。記事に記されていた通り、高根沢は記者に生存者であることを知られ、それからは遺骨があがるたびに立会い、いつの間にか中心人物のようになったという。

「手や足の骨とか頭蓋骨が、海水でもまれていたせいなのでしょうか、ばらばらになっていましてね。それを組合わせて遺体の数をたしかめました。コールタールの塊のようになっていたものも、かなりありました。もちろん、身許などわからず、一緒に焼いて、平等に壺に分けました」

高根沢は、自分の方が年長であるのに、上官であった笠原を前にして膝もくずさなかった。

遺骨の扱いは復員局から出張してきていた係官によっておこなわれ、報せをうけた遺族たちが各地から集ってきた。サルベージ会社では、それら遺族の宿泊の手配をし、海浜に設けられた祭壇に遺骨の壺をおさめた箱を並べて慰霊祭をもよおした。県知事をはじめ関係官庁の係官たちも参列し、その後、漁船を何艘も沈没位置に出し、遺族たちが海面に花を投じたという。

「初めの頃、遺族たちは、私に事故の模様や死んだ肉親が艦内でどのような生活をしていたかをしきりにたずね、私もそれに答えていました。しかし、そのうちに、話しかけてくることはせず、眼もむけなくなりましてね。無理もありません。自分の肉親が死んだのに、私は生きているのですから……。申訳ない思いでした。遺族の方たちが去ってゆく時は、ただ頭を深くさげていただけでした」

高根沢は、膝に視線を落した。

笠原は、かすかにうなずき、口をつぐんでいた。

高根沢は、茶を淹《い》れかえると、艦の状態を口にした。艦体は、塗料も剝《は》がれて錆びつき、艦内から泥とともに無数のシャコがはねながら出てきたという。

「ところが、潜望鏡だけは、富士壺がついてはいましたが原型のままでしてね。殊にレンズは、少しの曇りもなく輝いていました。どういうわけなのでしょうね、不思議な感じがしました」

高根沢は、光った眼を笠原にむけた。

その夜、笠原は大阪へもどったが、高根沢一人に負担をかけてしまったことに重苦しい気分になっていた。仕事が忙しかったとは言え、上司に理由を話せば、現場に二、三日赴く許しは得られたはずであった。それなのに足をむけようとしなかったのは、胸の中に、高根沢が味わったような遺族と対した場合の気まずい空気を予感し、それを避けたいという意識がひそんでいたからにちがいなかった。遠く過ぎ去った戦時のことで、気持がかき乱されるような場に身を置きたくないという打算もあった。

高根沢も、当然それを予測したはずだが、あえて現場に赴いて遺骨収容に立会い、遺族の冷い視線にも堪えた。笠原は、元上官として高根沢一人に義務を押しつけたような後めたさを感じた。

二カ月ほどたった頃、高根沢から、会って頼みたいことがあるという電話があり、支社に訪れてきた。笠原は、会社がひけた後、大阪駅に近い小料理屋にかれを案内した。

高根沢の用件は、遺骨についてのことであった。

等分にわけられた遺骨は遺族に渡されたが、五体は引取り手が現われず、復員局では、それぞれの本籍地の市町村に調査を依頼した。その結果、二体は、元乗組員の妻が再婚して現場に来なかったためであることがわかり、肉親が持ち帰った。他の三体のうち、二体は、血縁者が空襲で罹災してその地をはなれていたからで、その後、転居先が判明し、渡すことができた。

残りは一体だけになったが、本籍地の町役場に照会してみても遺族の所在は不明であった。

復員局の係官が、なにか手がかりになるものはないか、と高根沢に手紙を寄せてきて、それから手紙の交換があり、高根沢の方から電話をかけたこともある。係官の話では、その本籍地には、沈没事故が起った時、両親と妹が居住していたという。

高根沢は、係官と話し合った末、高根沢が遺骨を持ってその地に赴き、直接調査をして適当と思われる血縁者を探し出し、渡すことを提案した。処置に困っていた係官は、上司とも相談したらしく、数日後に諒承する旨を伝えてきた。

「田代という一水を御記憶ありませんか。私の下におりましたが、詩吟がうまく……」

高根沢の言葉に、笠原は、体格の良い若い水兵の顔を思い出した。澄んだ張りのある声が評判になり、潜水母艦に招かれて、艦長も出席した甲板上での演芸会で吟じ、入浴を許され羊羹《ようかん》をあたえられて嬉しそうに帰ってきたこともある。

高根沢の申出は、二人で遺骨を持ってその町に行かぬか、ということであった。

高根沢に負い目を感じていた笠原は、即座に承諾し、メモ帳を取り出して二日間の休暇を得られる日をえらび、高根沢もその日にそなえて仕事をやりくりすることになった。

約束の日の夜、上野駅の改札口で待っていると、白い布につつんだ遺骨の入っている箱を手に、高根沢が姿を現わした。二人は、夜行列車の座席に向い合って坐った。

笠原は、高根沢が水筒に入れて持ってきた酒を、アルマイトのカップでうけているうちに、酔いがまわって眠りに落ちた。

翌朝、町の駅で降りた二人は、駅弁を食べた後、町役場に行った。

すでに復員局から役場に連絡が来ていて、戸籍係の中年の吏員が応接してくれた。

吏員は、田代元一等水兵の両親たちが居住していた地区に行き、近所の人の話をきいてまわって、ようやく遺族の状況を知ることができた、と言った。

田代の妹は、終戦後間もなく肺結核で死亡し、母親も感染したらしくその後を追った。

父親は、樺太《からふと》生れで、戦前に町に移住してきて馬車挽《ひ》きなどをしていたが、終戦後は、米をかついで列車で一時間ほどの距離にある海岸に行き、魚介類と交換して持ち帰り、町とその周辺で売り歩いていた。いわゆる闇屋の仕事をしていたのだが、そのうちに金もたまったらしく材木の取引に手を出し、一時は羽振りもよく小料理屋の女を家に引き入れたりしたが、間もなく材木の相場が急落し、それにともなう金銭的なもつれがあって、女を残して姿を消し、その後、消息は絶たれたままだという。本籍の記載は役場にそのまま残されているが、移住者であるので親戚はいない。

吏員は、さらに田代が住んでいた地区を歩いて若い金物店主を探し出した。かれは、田代と小学校時代同級で、卒業後も親しく交わり、田代が志願して海軍に入ってからも文通していたという。

かれは、吏員から事情をきいて同情し、遺骨を自分の家の菩提寺にあずかってもらうよう住職に話をする、と言った。寺にあずけておけば、父親がいつか現われた時に遺骨を渡すことができる。

笠原は、高根沢とともに吏員に伴われて金物店に行き、店主の案内で近くの寺に赴いて住職に遺骨の入った箱を渡した。

その折、かれは、高根沢と五百円ずつ出し、それをお経料として住職に渡したことを記憶している。

三

コーヒーを半分ほど飲んだ笠原は、コップの水で消化剤をのみ、腰をあげた。

エレベーターで三階に上り、部屋にもどってボストンバッグに洗面道具などを入れると、コートを着て一階におりた。フロントで宿泊代を払ったかれは、せまいロビーに置かれた椅子に坐って煙草を取り出した。

テレビに映った潜水艦の姿を眼で追いながら、行かねばならぬ地があることに気づいた折の胸のときめきを反芻《はんすう》した。戦後は終ったというが、自分に課せられた残務整理はまだすんでいなかったのだ、と思った。寺にあずけた田代の遺骨が、その後、どのように扱われたか。それを確かめなければ、自分の任務は終らない。

司令塔から脱出した後の海中での苦しく長い時間をへて、上方が明るくなってきたのを知った折の安堵感。鼓膜が両耳とも裂け、その後中耳炎になやんだが、それもいつの間にか癒えている。

昨夜、ホテルに入ったかれは、フロントで町の地図を借りて寺の位置を眼で探った。寺の名は忘れていたが、三つある寺の一つに仏心寺という名が付されているのを眼にし、おぼろげながら記憶がよみがえった。町はずれの田の中にあった寺だったが、地図では近くを広い国道が走っている。

地図をフロントに返し、歩いてどのぐらいか、と問うと、ちょっとありますね、三十分以上はかかります、と、フロントの男は答えた。高根沢と来た折には、駅の近くであったような記憶があるが、それは、その頃、歩くことを少しも苦にしていなかったからなのだろう。

フロントで支払いをすませたサラリーマンらしい二人の若い男が、同じ型のアタッシエケースを手にあわただしくホテルを出ていった。それにつづいてエレベーターから姿を現わした中年の男にジャンパーを着た男が近づいて挨拶し、駐車場の方へ歩いてゆく。仕事に追われているかれらからすれば、自分の旅はひどく悠長なものに思えるだろう。

しかし、と、かれは胸の中でつぶやいた。六十代半ばを過ぎて自由な時間を得るようになった自分には、最もふさわしい有意義な旅であり、他人がどのように考えようと、この町は死ぬまでに一度は訪れなければならぬ地であったのだ、と自らに言いきかせた。

かれは、腰をあげるとフロントにボストンバッグをあずけ、タクシーを呼んでくれるように頼んだ。電話のダイヤルをまわしたフロントの男は、受話器を置くと、すぐに参りますからホテルの前に出ていて下さい、と言った。

合成樹脂製の透き通ったドアを押して出ると、駅前のタクシー乗り場からまわってきたらしい小型タクシーが眼の前でとまった。

座席に坐ったかれが、寺の名を口にすると、タクシーが路上に出た。すぐ前をバスが走っていて、タクシーはその後からついてゆく。道の両側に商店がつらなり、大きなパチンコ店の前には、モーターバイクや自転車が並んでいる。

バス停が近づいて徐行したバスを、タクシーが速度をあげて追い越し、四つ角を左に曲った。古びた家並がつづき、所々にモルタルづくりの商店がはさまっている。

しばらくゆくと土手に突き当り、流れにかかった橋を渡ると、家並がきれて両側に穫り入れの終った田がひろがった。道の右側に白い三階建ての鉄筋コンクリートの建物が建っていて、角ばった門柱には公民館と書かれた文字板がうめこまれている。三十五年前に見たものは眼にふれてこず、未知の地のようであった。

どこから来たのですか、と五十年輩の運転手に声をかけられ、東京からだと答えると、運転手は米の作柄のことを口にした。夏に雨が少く、収穫が気づかわれたが、その後、天候が持ち直し、平年作に漕ぎつけたという。田に人の姿はなく、田をへだててみえる低い山々は、枯葉の色におおわれていた。

再び集落の中に入り、右手に国道がみえ、その上をトラックや乗用車がかなりの速度で走っている。タクシーは、煙草店の角を曲り、くねった細い道を進むと、二叉路の分岐点でとまった。

右側に門があり、仏心寺と書かれた古びた木札がかかっている。窓から門の中をうかがったかれは、本堂の左手に銀杏《いちょう》の太い樹が枝をひろげているのを眼にし、自分の記憶がまちがっていなかったことを知った。

タクシーを降りたかれは、銀杏の樹に眼をむけながら門をくぐった。高根沢と来た折には、黄色い葉が重り合っていたが、太くなった樹の葉はほとんど落ち、土の上に広く散っている。

本堂に伸びている石畳をふんでいったかれは、足をとめた。田代の父親は、その後、この町にもどって息子の遺骨が寺にあずけられているのを知り、持ち去っただろうか。それとも、町の者に不義理をしたかれは町に近づこうとせず、寺に置かれたままなのか。いずれにしても、遺骨がどのような状態にあるかを知りたかった。

本堂につづく庫裡《くり》の玄関が右手にみえ、かれは、再び歩き出して近づくと、コートをぬいでガラスのはまった戸をあけた。

奥に声をかけると、二十七、八歳の女が出てきて、膝をついた。

笠原は、途切れがちの声で訪れてきた理由を述べた。女がおそらく生れてもいなかったただろう頃のことを口にしているのが気がひけて、理解してくれるかどうか心もとなかった。

しかし、女は、いぶかしそうな表情もみせず、立ち上ると奥に消え、再び姿を現わして、上るようにうながした。

笠原は、靴をぬぎ、女の後から廊下を進んで広い畳敷きの部屋に入った。

女が去ると、廊下に足音がし、三十四、五歳の眼鏡をかけた長身の僧が入ってきて、テーブルの向う側に坐り、住職だ、と言った。

笠原は勤めていた頃の名刺に、マンションの住所を書き添えて住職に渡した。

用件を話しはじめた笠原に、住職は、ハイ、ハイと相槌をうつ。剃られた頭は青々としていて、白い皮膚には艶《つや》があった。

笠原が話し終えると、住職は、

「その金物屋さんは、朝比奈さんですね。私の寺の檀家です。お気の毒なことに、昨年、交通事故で亡くなられました。私の父も、今年が十三回忌です」

と、言った。

笠原は、あらためて歳月の流れを感じ、女の運んできてくれた茶を口にした。

「おあずけになったという御遺骨のことですが、その頃、私は幼かったし、成人してからも父にきいた記憶はありません。当時は寺でおあずかりすることがよくあったようですが、今では規則で禁じられています。火事で焼失するおそれがあるからで、不燃性の納骨堂のある寺でなくては、あずかることは許されていないのです」

寺に遺骨がないという住職の言葉が意外に思え、笠原は、茶碗を手にしたまま住職の顔を見つめた。

「すると、遺骨は？」

「ここでおあずかりしている間に、御遺族が引取りにこられたとかということはきいておりませんので、規則が出来てから、父が町の共同墓地に移したのだと思います」

住職は、淡々とした口調で言った。

笠原は、遺骨の行方をたしかめたかった。

「その墓地は、どこにあるのでしょう」

「歩いて五分ぐらいの所です。よろしかったら、御案内しましょうか」

住職は、軽い口調で言った。

笠原が、お願いします、と頭をさげると、住職はうなずき、腰をあげて廊下に出た。

笠原は、玄関で女に挨拶し、下駄をはいて歩く住職の後から門の外に出た。

住職は、かたわらを小川が流れる砂利道を歩いてゆく。右手は雑木林がつづき、道の左側には点々と家が建っていて、その後方に田がひろがっていた。

前方のゆるい傾斜地に、墓石の群がみえた。

住職は、墓地の手前にある板張りの家のガラス戸をひきあげ、内部に声をかけた。その声を耳にしたらしく、家の裏手から綿入れのチャンチャンコをつけた老いた男がまわってきて、住職に頭をさげた。

住職が、男と言葉を交しはじめたが、その内容から男が墓地の管理人であることがうかがえた。

男が、家の中に入ってゆき、無縁墓地管理台帳と墨で表書きされた和紙の綴りを持ってきて、上《あが》り框《がまち》に腰をおろしている住職の前に置いた。

それを手にした住職が、

「御遺骨を私の寺に持ってこられたのは、いつですか」

と言って、笠原の顔に眼をあげた。

「昭和二十六年の秋です」

笠原が答えると、住職は、無言で紙をひるがえし、或る個所に指をあてた。

「田代清さん、二十一歳ですね。この墓地に昭和三十二年に移されたとありますから、規則ができた年です。私の寺では六年間おあずかりしていたことになりますね」

住職は、その部分を笠原にしめすと、男に台帳を返し、腰をあげた。

家の奥に入っていった男がすぐにもどってきて、長靴をはいて路に出ると、住職とともに墓地の中に入っていった。笠原は、その後に従った。

住職は、強い訛《なまり》の言葉を口にする男と話しながら、墓石のつらなる通路を縫うように歩いてゆく。墓地に人の姿はなく、新しい卒塔婆が何本も立っている墓所もあった。

墓地のはずれに、黒い鉄扉のついたコンクリートづくりの小さな建物が建っていた。

そこに近づき、扉の前で足をとめた住職が、

「この納骨堂には、無縁の御遺骨が棚の上に並べられています。管理人の話によると、あなた様が寺にあずけられた御遺骨も、この中にお納めしてありました。しかし、後からつぎつぎに無縁の御遺骨が入ってくるので収容しきれず、古いものから順に出して無縁墓の下に埋葬します。御遺骨もかなり前に出したそうです」

と、言った。

笠原は、大きな錠のかけられた扉を無言で見つめていた。

男が歩き出し、雑木林のかたわらで足をとめた。

笠原は、住職とともに男に歩み寄った。そこには黒ずんだ大きな墓碑が立ち、背後の雑木林の中には、落葉がしきりであった。

遺骨は、他の多くの遺骨とともに土中に埋められ、壺は割れて骨も朽《く》ち、土と同化しはじめているにちがいない。艦内から収容された骨は、その存在すら失われようとしている。

両手を腰にあてて詩吟を吟じていた若い水兵の姿が墓碑と重り合った。

笠原は、体の中に風が走るような感覚に襲われながら、無縁精霊之墓と刻まれた文字を見つめていた。

飛行機雲

医科大学の附属病院を出て、ゆるい勾配《こうばい》の坂をくだりはじめた私は、信玄袋を手にした和服の男が、陽光を掌でさえぎるように空を見上げているのに気づいた。

男につられて空に眼をむけた私は、澄んだ空に飛行機雲が長々と尾をひいているのを見た。先端にギヤマンのように透けた大型機が動き、翼の下から四条《すじ》の白い筋が湧き、それが互にとけ合って太い一条の筋になり、後方にゆくにつれて乱れ、淡く拡散している。

七十歳前後のその男は、戦時中の空を思い起しているにちがいなく、私にも同じ感慨がきざした。今でも時折り飛行機雲を見ることはあるが、昼間空襲で飛来したアメリカ爆撃機のそれとはちがっているように思える。編隊を組んだ爆撃機は一機の例外もなく白絹のような雲をひいていたが、超高空をゆくジェット機は、雲をひいているとはかぎらず、たとえひいていても淡く、途中で途切れたりしている。

頭上の空に描かれた雲は、爆撃機編隊のひいていたものと寸分変らない。四基のエンジンからそれぞれ雲の筋が流れ出ていて、鮮やかに長々と尾をひいている。透明な機が爆撃機のようにみえ、不気味ですらある。その機は、たまたま戦時中に来襲した爆撃機と同じ高度をたもっているので、そのような雲が生じているのかも知れない。

私は、空を見上げている男のかたわらを過ぎ、坂をおりると駅にむかって歩いた。病院に来たのは、胆石の手術で入院している嫂《あによめ》の見舞いのためだが、その足で環状線の御《お》徒町《かちまち》駅近くにある小店にゆき、煎餅《せんべい》を買う予定であった。

電車に乗ってまで煎餅を買いにゆく気持など私にはないが、前日、一個の小包が郵送されてきたことで、その店に足を向ける気になった。

小包は、日本では見られぬ薄黒い縞の入った茶色い油紙につつまれ、VIA AIR MAIL というスタンプ文字のかたわらに、アメリカの郵便切手が貼られていた。包みの裏には、NORIKO KIMIZUKA と送り主の名が書かれていた。

私は、紐をとき、油紙をひらいた。四隅の少しつぶれた紙製の箱には派手な模様が印刷され、キャンディという英語の文字も見える。便箋《びんせん》がのせられていて、キャンディは私が送った随筆集の返礼で、お嬢さんにでも召上っていただければ……、といった趣旨のことが書かれていた。

蓋をとると、箱の中にはさまざまな色の紙につつまれたキャンディが、隙間なく詰められていた。

弱ったな、と、思わずつぶやいた。物を贈られるいわれはなく、むしろ私の方から贈らねばならぬ立場にある。カリフォルニア州の地方都市で、六十八歳の独身の婦人が、菓子店でキャンディを買い求め、航空便の包装をし、郵便局へ持ってゆく姿が想像された。一冊の随筆集のお礼としては、婦人に過分な負担をかけさせたことになる。

キャンディの一つをつまんで、口に入れてみた。私には甘味が少し強すぎたが、芳《かんば》しい香がして、娘が喜びそうだった。

私は、キャンディを口にふくみながら、婦人の好意にむくいるためにそれ相応の物を送ろうと考え、煎餅がよいかも知れぬ、と思った。

叔父の息子が商社の社員として妻とともに南米に十年近く駐在しているが、日本の食料品が手に入るその都市でも、煎餅はなく、それを送って欲しい、と言ってきた。煎餅はデパートでも売っているが、妙に淡白であったり品よく作られすぎたりしているので、煎餅を手焼きしている店で買って送り、ひどく喜ばれたという。

叔父がどこの店で買ったのか知らないが、恰好な店を思いついた。知人に案内されて御徒町駅に近いふぐ料理店に行った帰途、小さな店に立寄った。店の奥では老人が煎餅を焼いていて、それを買って帰り、口にしてみると醬油の香と味が十分にして、少年時代の煎餅を思い出した。婦人は、日本をはなれてから十五年たっているので、それを送れば、味をなつかしみ喜んでくれそうに思えた。

駅の改札口をぬけ、階段を降りてホームに立った私は、空を見上げた。

飛行機雲が空を横切っていたが、広くにじんで薄れ、空の青さにとけこみはじめていた。

婦人の名が典子で、再婚せず君塚という旧姓のままであるのを知ったのは、十七年前の夏であった。

その頃、私は、開戦時の日本政府、陸、海軍の動きについての記録小説を、雑誌に発表する準備をすすめていた。執筆の動機は、前年の正月、肉親や親類の者たちと旅行をした折に、嫂の兄がもらした話に関心をいだいたからであった。開戦時に義兄は陸軍少佐で、大本営暗号班に所属していた。

開戦の数日前、思いもかけぬ事件が発生し、大本営陸、海軍部は激しい動揺をしめした。大本営は、ハワイ攻撃、マレー進攻など秘密裡に推しすすめられていた作戦行動を見守っていたが、開戦の命令書を持っていた支那派遣軍の君塚という参謀の乗った飛行機が、中国軍領有地に不時着したという報が入った。その命令書が中国軍の手に落ちれば、たちまち米、英、蘭三国側に通報され、ハワイ奇襲どころか逆に相手から先制攻撃をうける。しかも、その命令書は平文なので、作戦指導者たちは生きた心地もしなかったという。戦争回顧の書物に開戦前の秘匿についての挿話が数多く書かれているが、それにふれたものを眼にしたことはない、と、義兄は言った。

帰宅した私は、書架から明治百年叢書の「大東亜戦争全史」を取り出して、ひらいてみた。千ページ余におよぶその史書の中に、君塚少佐事件としてわずか十五行ではあったが、義兄の口にしたような記述がみられた。

「十二月一日夜、支那派遣軍の電報は予期しない一事件の突発を報じた」として、「開戦の決意を判定し得る」命令書を携行した君塚俊之少佐の乗った輸送機が、広東《カントン》附近の敵地区に墜落し、それが「作戦関係者に電撃的ショックを与え」たと記されている。その命令書が中国軍の手に落ちた場合、開戦にともなう作戦がすべて崩壊することは確実で、「万事休す。ただ瞑目して神に祈るだけであった」と、結ばれていた。

義兄の話を裏づけるこの記述に、私は戦争のもつ深い淵の底をのぞき見たような恐れをおぼえた。

私の開戦の記憶は、十二月八日朝の町の情景であった。中学二年生であった私は、学校への道を歩いていったが、町全体が明るく沸き立っているように感じられた。両側の家々からは、ラジオ放送の軍艦マーチの旋律と大本営発表を繰返して告げるアナウンサーの甲高い声が流れ、国旗が軒先《のきさき》につらなっていた。開戦について私が知っていたのはそれだけで、その後、戦局の悪化と敗戦があった。

私は、開戦のかげに私たちの知らなかった、その事件に象徴されるような事柄が、ひそかに進行していたのを感じ、自分の過去を直接たしかめてみたいという思いにかられた。知らされずにいた苛立ちに似たものに突き動かされて、開戦前の記録をあさることを思い立ち、君塚少佐事件の調査から手をつけた。

義兄の上官であった元暗号班員が、戦史資料室の書庫から記録を探し出す仕事に力を貸してくれ、事件の概要を知ることができた。

「大東亜戦争全史」には、君塚少佐が乗ったのは輸送機と記されていたが、正しくは上海を起点に南京《ナンキン》、台北《タイペイ》、広東へ定期航路をもつ中華航空の旅客機「上海号」で、機種はDC3型の双発機であった。

「上海号」は、十二月一日午前八時三十分、上海郊外の大場鎮飛行場を離陸した。支那派遣軍総司令部第一課君塚俊之少佐参謀は、前日、広東在の第二十三軍に対する開戦命令書を携行して列車で南京から上海につき、その機に乗った。機は、十一時二十分に台北飛行場に着陸、婦人をふくむ数名の乗客をおろし、四名の軍人を乗せて十二時三十分に離陸した。台湾西海岸ぞいに南下、西に変針して台湾海峡を横断し、「仙頭上空通過」をつたえた。

午後四時に広東飛行場到着予定であったが、機は姿をみせず、その後の通信も絶えていたので、午後五時、中華航空本社は、遭難の気配濃厚と判断、支那派遣軍総司令部に報告した。搭乗者は十八名で、君塚少佐をはじめ軍人が多かったが、中野学校出身の偽名を使った工作員、新聞の支局長、ドイツ駐華大使館員、ニュース映画関係者らも便乗していた。

遭難は確実になり、総司令部からの急報をうけた大本営陸軍部は、大きな衝撃をうけた。搭乗者の生死などは問題外で、君塚少佐の携行している命令書が中国軍側の手に落ちることを最も恐れ、機が海中に墜落していることを強くねがった。

総司令部は、広東の第三直協飛行隊に遭難機の捜索を命じ、翌二日朝、六機の直協機が発進した。

「上海号」の飛行コースをさぐった結果、中国軍領有地の広東省平山墟東南約十キロの地点で、山肌に墜落している双発機を発見、カメラのフィルムにおさめた。爆発炎上でもしていれば、命令書も消滅しているはずだが、滑空状態で墜落したらしく、前部が大破しているだけで尾部はほとんど原型を保ち、また機の周辺に多くの住民の姿も確認された。

総司令部は、命令書を飛散させるため直協機隊に「上海号」に対する爆撃を命令、直協機は再び現場上空にむかった。が、密雲が立ちこめ、一瞬、雲の切れ間から眼にできた墜落機の位置に投弾を繰返した。

三日も、雲上からの爆撃がつづけられたが、四日朝、総司令部は、遭難機に関係のある中国軍側から重慶政府にあてた暗号電文を傍受、解読した。それは、現場に到着した中国軍の一部隊が「上海号」の内外から散乱物をすべて収容し、整理、調査中という内容で、大本営は、最悪の事態におちいったことを知った。

さらに、「昨日ノ深夜、日本ノ墜落機ノ搭乗者トオボシキ二名ヲ発見。シカシ、両名ハ抵抗ノ末逃亡、目下極力捜索中」という中国軍の電文を傍受した。

発見された二名中に君塚少佐がふくまれているかどうかは不明だが、命令書をたずさえて逃亡している確率もあるとし、墜落現場に近い地上部隊に救出を命じ、また広東の第二十三軍特殊情報班で雇っていた中国人密偵多数をその方面に放った。さらに大本営陸軍部の命をうけた第二十三軍司令部は、「不時着機の周辺の地域と近くの村落に、一物の生物なからしめよ」という命令を第七飛行団に発し、十数機の軽爆が発進、「上海号」墜落地点を中心に大量の爆弾を投下した。

戦史資料室の記録には、搭乗者十八名中生存者は二名で、重傷を負っていた宮原大吉中尉が地上部隊に救出され、久野寅兵曹長は、自力で日本軍陣地にたどりついた、と記されていた。宮原氏の所在はすぐにわかって回想をきくことができたが、久野氏の存否はつかめず、ようやく福岡市内の大手建築会社の支店に勤務していることを知り、夜、郊外のマンションの一室を訪れた。

久野氏は、不時着時に熟睡していて、墜落の衝撃で失神し、気づいてみるとベルトをしめたまま座席に坐っていた。眼に、乱雑にこわれた機内の座席と即死した者、血を流して呻いている男たちの姿が映った。

機外に這い出した氏は、マッチで赤表紙の暗号書を燃している少佐に気づいた。二人は機内に入ると互の傷の手当をし合い、所属、階級、姓名を名乗り、氏は少佐の姓が君塚であることを知った。

君塚少佐は、重要な命令書を携行しているので処分したい、と言って機外に出た。そして、百メートルほどはなれた所に行くと、封筒から命令書を出して細かく裂き、引きぬいた草の根の下にさしこんで靴でふみ、久野氏もそれを手伝った。

翌早朝、君塚少佐は命令書処分を軍につたえるため機をはなれ、久野氏も同行した。それから間もなく、不時着地点の方向で、中国軍のチェコ製機銃の連射音がきこえ、また中国兵の姿も散見していたので森の奥に身をひそませた。

翌日、二人は山中を日本軍占領地方向に歩き、その夜も星の位置を手がかりに進んで、片側に塀のつづく道に出た。そこは中国軍兵舎で、歩哨に誰何《すいか》され、さらに兵舎内から走り出てきた一隊の兵に追われた。

二人は、樹木のまばらに立つ笹藪の中に別々に走りこみ、身を伏せた。やりすごした兵が兵舎にもどるのを見た久野氏は、君塚少佐を探したが姿がみえず、逃げたと思い、道に出ると足を早めて歩き、夜が明けたので森の中にもぐりこんだ。

翌四日の夜、氏は森を出て北西方向に急ぎ、それから六日の夜まで中国の住民に出会ったり数十人の民兵に追われたりし、銃撃もうけた。氏が日本軍の駐屯する淡水にたどりついたのは七日午後九時すぎで、開戦日時八日午前零時までわずか三時間足らずの時刻であった。むろん氏から、君塚少佐が命令書を確実に処分したことが報告された。

久野氏とはぐれた君塚少佐のその後については、十二月四日夜、「上海号」事故に関係のある中国軍側の暗号電文の解読によってあきらかにされていた。内容は、「前日夜半、逃亡シタ不時着機搭乗者ト思ワレル二名ノ中ノ一名ヲ発見、コレト抗戦シタガ、敵ハ勇敢ニモ白刃ヲフルッテ抵抗。シカシ本隊ハコレヲ死亡セシメタ」というものだった。総司令部では、それがだれであるかはわからなかったが、君塚少佐が陸軍士官学校在学中に剣道二段の免状をとっていて、「白刃ヲフルッテ」という一文から、少佐の確率が高いと判断した。その後、七日夜、久野氏の報告により、はぐれた地が恵陽県白芒花附近で、暗号電文がその地の中国軍部隊から重慶政府に発信されたものであることを考え合わせ、死亡したのは君塚少佐と推定した。

さらに、特殊情報班の中国人密偵の一人が、白芒花附近に潜入し、南方六キロの水田に首の欠けた死体が一個遺棄されているのを目撃した、と報告した。この死体は、君塚少佐のものと断定された。

これらの事実にもとづき、畑俊六支那派遣軍総司令官は、君塚少佐の生死について、「白芒花南方六粁ノ地点ニアリシ死体ニヨリ、戦死ト認定処置スルヲ可トス」という正式文書を作成させた。その後、万全を期して捜索がつづけられたが、「生存ヲ認メ得ベキ情報全クナシ」として、陸軍省に報告され、調査は打ち切られた。

私は、事件を担当した支那派遣軍総司令部、第二十三軍司令部のそれぞれ元参謀、特殊情報部員らにも会い、事実の裏づけをした。調査もほぼ終えたので、その事件を冒頭にした記録小説の執筆に入った。

筆を進めながら、私は君塚少佐の遺族と連絡をとりたい、と思うようになった。なにか資料があるかも知れず、それが事件に関係のあるものならば、参考にしたかったのである。

元陸軍将校の名簿を繰ってみると、偶然にも面識のある白川義夫氏が君塚少佐と士官学校の同期であったことを知り、電話をかけた。白川氏は、開戦前、君塚少佐と同じ支那派遣軍総司令部参謀の任にあって、少佐が命令書をたずさえ上海へむかうのを南京駅で見送ったと言い、遺族の所在をしらべることを約束してくれた。

その日の夕方、氏から電話があり、君塚少佐の夫人は健在だが、商社員としてアメリカに駐在している一人息子のもとに一カ月前から行っている、と言い、その家の住所と電話番号を教えてくれた。

私は、礼を言って受話器を置いた。もしも君塚夫人のもとに事件に関連のある資料があるとしても、夫人がアメリカに行っていてはすぐに入手はできない。雑誌発表には間に合いそうになく、単行本にする折に書き加えようと考えたが、一応、資料があるかどうかを電話でたしかめたかった。しかし、私は、国際電話をかけたことがなく、英会話も不得手なので、雑誌編集部の担当者に依頼した。編集者は、そのようなことに慣れているらしく、気軽に引受けてくれた。

翌朝、編集者から電話があった。

「驚きましたよ。私が雑誌の編集者だと名乗り、君塚少佐のことについて……と、そこまで言いましたら、君塚は生きていたんですね、どこに生きていたんですか？　と、声をあげましてね。困りましたよ。気の毒だとは思いましたが、戦死したという調査結果をつたえました」

資料の点については、戦地の君塚少佐から夫人や息子にあてた手紙があるだけで、事件に関係のあるものは一切ない、という。

受話器を置いた私は、思いがけぬ編集者の言葉に呆然としていた。

夫人のもとには、当然、戦死の公報が入ったはずで、それは既定の事実として遺族に受け入れられている、と思いこんでいた。が、夫人は、その死が飛行機の不時着事故によるものであることから、生存の望みも皆無ではない、とひそかに思いつづけてきたらしい。夫の行方不明を死とむすびつけた軍の処置を絶対的なものとは考えず、生きているかも知れぬという期待を胸にいだき、それを支えに二十六年という歳月を生きてきたのだろう。

未知の雑誌の編集者が前ぶれもなく国際電話をかけてきたことで、夫が中国大陸のどこかに生きているのを伝えてきたのだ、と錯覚したのも無理はないかも知れない。

母のことが、思い起された。四番目の兄は、開戦の年の夏に中国大陸で戦死し、開戦の二日後に遺骨と遺品が家にとどけられた。遺骨には、骨の一部であるかのように小石がこびりついていて、野外で遺体が焼かれたことをしめし、遺品袋にはつるの代りに黒いゴム紐のつけられた眼鏡、母が編んで送った毛糸のパンツも入っていた。それらは、兄の死をゆるぎない事実として私たちを納得させるに十分だった。が、子宮癌におかされていた母は、死期がせまった頃から、しきりに兄が中国で生きているということを口にするようになった。衰弱による妄想にちがいなかったが、来客があると、その声を兄のものと錯覚し、兄が帰ってきたのか、と甲高い声をあげたりした。

遺骨も遺品もなく、一枚の紙片で死を告げられた夫人が、夫が生存しているのではないかと思いつづけてきたのも理解できる。編集者の電話は、夫人の長年の望みをうちくだいたが、その根底には私の調査結果がある。夫人の生きる支えを私が突きくずしてしまったことになり、未知の人に一つの大きな罪をおかしたのを感じた。

私は、やりきれない気分になり、受話器をとると白川氏の家のダイヤルをまわした。

私が事情を述べると、氏は、

「妻というものは、そういうものかも知れませんね。君塚は女房想いで、よく手紙をやりとりしていましたし、酔って女房ののろけを口にしたこともありましたよ」

と、感慨深げに言った。そして、夫人に手紙を書き、私が気にしていることを伝える、と言って電話を切った。

やがて連載小説が、雑誌に発表されるようになった。

私は、夫人のことに気をかけながら筆を進めていたが、秋も深まった頃、白川氏から電話があった。夫人が帰国し、私に会いたいと言っている、という。

私は、会う日を打合わせ、編集者にもその旨を連絡した。かれは、会食する場所を予約し、自分も同席させてもらいたい、と申出た。夫人を失望させた責任の一端が自分にもある、と思っているようだった。

約束の日の前日、戦史資料室に足をむけた。夫人が会いたいと言うのは、むろん夫の死が事実かどうかをたしかめたいからで、私もそれが決して推測ではないことを答えねばならぬ立場にある。酷ではあるが、君塚少佐の死が確実であることを裏づけるものを夫人にしめす必要があり、それには記録を引写した自分のノートでは不十分で、原資料をフィルムにおさめたものを見せるべきだ、と考えた。

私は、関係記録をひるがえしてカメラのシャッターボタンを押し、編集者のもとに行き、フィルムの現像、焼付を依頼した。

翌日の夜、私は、編集者と都心にある中華料理店におもむいた。

十分ほどすると、部屋に白川氏と洋装の婦人が入ってきた。長身の美しい気品のある人で、君塚典子です、と挨拶した。

席につくと、白川氏がいつもとはちがったかたい表情で口を開き、夫人が直接私から君塚少佐の戦死の状況についてきくことを望んでいる、と言った。

夫人が、私に眼を向けた。

「この雑誌社の方からお電話をいただき、君塚の死はまちがいないと言われました時には、眼の前が真っ暗になりました。もしかすると生きているのでは、と思っておりましたので……。それからあれこれ考え、息子とも相談いたしまして、とりあえず帰国し、あなた様の御調査なされたことをおききしたいと思い、白川様にお願いいたしました」

夫人の顔は、こわばっていた。

私は、君塚少佐が重大任務をおびて南京をはなれたことから話をし、それについては白川氏も口をそえてくれた。上海から台北をへて広東にむかった「上海号」の不時着と、その後の少佐の動きについては、同行した久野元曹長の証言をつたえ、白芒花附近ではぐれた事情を説明した。

私は立ち上ると、君塚少佐とおぼしき人物が発見され、「……勇敢ニモ白刃ヲフルッテ抵抗。シカシ本隊ハコレヲ死亡セシメタ」という中国軍側の電文を解読した書類の写真を、夫人に渡した。

夫人は、一字一字眼で追い、初めから読み直すことを繰返している。

私は息苦しくなったが、再び立つと、畑俊六支那派遣軍総司令官の戦死認定書をフィルムにおさめたものを、夫人の前に置いた。

私は、徐ろにそれを手にした夫人の顔を見るのが堪えられず、視線を落した。自分のしていることが非人間的なものに思え、自己嫌悪をおぼえた。初対面の夫人に、彼女の夫の死は少しの疑いの余地もない事実だということを、証拠書類を突きつけることによって強引に納得させようとしている。感情の激した夫人が、急に写真を投げ捨てて席を立つような予感がした。

「そうですか」

深く息をつくような夫人の声がし、私は顔をあげた。

夫人は、写真を見つめている。その顔に憤りの色がみられないことに安堵した私は、途切れがちの声で、心の平静をかき乱したことを詫びた。

「お詫びなどと……。あなた様がこれほどまでにお調べくださったことに、お礼を申し上げたい気持です。君塚もきっと喜んでくれていると思います。正直のところ生きている望みを持っておりましたが、これを拝見し、君塚が死亡したことはまちがいないと知りました」

夫人は、私の顔を見つめ、丁重に頭をさげた。

編集者が立ち、料理がはこばれてきた。

静かな食事がはじまった。白川氏が君塚少佐の思い出話をし、それがわずかながらも重苦しい空気をやわらげた。

食事が終り、夫人が立ち上った。編集者が、夫人のもとに雑誌を送ることを約束した。

私と編集者は、店の外に立って、夫人と白川氏が地下鉄の駅の標識の方へ歩いて行くのを見送った。

その後も私は執筆をつづけたが、或る個所で筆をとめた。夫人には、中国人密偵が君塚少佐のものと思われる死体を目撃したことは口にしなかった。斬首《ざんしゅ》され、水田に遺棄されていたことなど告げる気にはなれなかった。

私は、長い間ためらった。書くべきではないという思いと、戦争の実態を記すには勇気を持つべきで、君塚少佐もそれを望んでいるという思いが交叉した。後者の気持が私の背を押し、密偵の報告を書いた。

雑誌は毎号夫人に送られていたが、反応はなかった。私は、夫人がどのような気持でいるのか不安でならなかった。斬首されたことを知った夫人の感情の乱れが察せられ、それを書いてしまったことに後悔をおぼえていた。

夏が近づいた頃、私は連載小説の筆をおき、加筆、訂正、削除をして、その年の十一月下旬に単行本として出版された。

調査に協力をしてくれた人たちをはじめ夫人のもとにもそれを送ると、夫人から初めての手紙が来た。私は、その内容がどのようなものであるのか恐れに似たものをおぼえながら、達筆の旧仮名遣いの文字を眼で追った。

「……五日は亡夫の命日に加へて久し振りの雨に初めて心身ともに落着いた心地がいたし休養して居りました折、思ひもかけず御本が届きました。偶然とは申せ不思議な感じがいたし、感慨無量でございました」

厚く御礼を申し上げます、と結ばれていて、その文面に夫人が私に悪い感情をもっていないらしいことを知り、安堵をおぼえた。が、文中の「初めて心身ともに落着いた心地がいたし」という個所が気がかりになった。君塚少佐の命日に久しぶりの雨で落着きを得た、と解されはするが、夫人の感情がこれまで激しく乱れていたともとれる。夫の死を知らされた上に、その死が無残なものであったことに、身の置きどころのない悲しみをいだきながら日をすごしてきたのではないだろうか。その部分が活字になった雑誌を、投げ捨てるようなことをしたかも知れない。やはり書くべきではなかったのだ、と、再び悔いた。

年が明けて間もなく、近くに住むという一人の主婦から電話がかかってきた。主婦は、夫人と女学校時代の同級生で、卒業後も親しく交際をつづけ、私が君塚少佐の死について書いたことも夫人から耳にしている。電話をかけてきたのは、夫人が私に挨拶をしたいことがあるので、私の家に案内してもよいか、という。

お待ちする、と、私は答えた。

その夜、夫人が主婦にともなわれて家に訪れてきた。私は、夫人と主婦を客間に通した。

夫人は、単行本を送ってもらった礼を述べ、

「私も五十代の半ば近くになりましたので、これを最後に日本をはなれ、息子のもとへ参ります」

と、静かな口調で言った。

息子は、アメリカからカナダに転勤になり、妻と住んでいる。日本にはこれと言った身寄りもないので、息子夫婦のもとで暮す方がよいと考え、別れの挨拶をしにきたのだ、

と言った。

茶菓を妻がはこんできて同席すると、夫人は、夫との見合いと結婚、夫の出征、その後の男子の出生、夫との間に交した手紙のことなどを語った。前に会った時とはちがって、夫人の表情はおだやかで、時折り頬をゆるませたりした。

夫人が腰をあげたので、主婦の家に泊るという彼女を送るため、私も外に出た。主婦の家は、近くの小川に沿った露地の奥にあった。私は、露地の入口で挨拶をし、林の中の道を引返した。夫人が日本を去るのは、夫がもどってくることのない地にいる必要を感じなくなったからなのだ、と思った。

一カ月ほどして、カナダの息子夫婦の家に落着いた夫人から、手紙が来た。家が樹木にかこまれ、小鳥や栗鼠《りす》が多いことや気候のことなどが書かれ、末尾に近く、「君塚が死んだことをはつきり知りましたが、却つて気持が落着き、私の胸の中で君塚がいきいきと生きはじめるのを感じてゐます」と、記されていた。

それから十五年が経過したが、夫人からは必ず年末にクリスマスカードが送られ、時には近況をつたえる手紙もくる。息子が再びカナダからアメリカに転勤になり、手紙の住所もカリフォルニア州の一都市に変った。

クリスマスカードには、中級程度の住居を背に立つ夫人と息子夫婦のカラー写真が印刷され、やがて二人の女児の孫がそれに加わるようになった。夫人は相変らず美しく、年齢より若くみえるが、やはり老いが徐々に忍び寄っているのが容姿に感じられ、それとともに幼い孫が少女になり娘になって写っている。夫人は洗礼をうけ、キリスト教関係の慈善団体の奉仕をつづけ、それを生き甲斐にしているようだった。数年前送られてきた手紙には、路上を歩いている折に、後方から自転車に乗ってきた黒人の若い男にハンドバッグを引ったくられ、転倒して傷を負い、一カ月余入院したとも書かれていた。

クリスマスカードや手紙が送られてくる度に、私は、神妙な気持になって返事を書き、時には出版された自著を送る。贖罪《しょくざい》の念からなのだが、それに加えて外国で余生を送る一婦人に、少しでも慰めになれば、という思いも強くなってきている。

キャンディを送ってくれたことは私を当惑させたが、私のおかした罪を許してくれた証しのようにも思え、気持がわずかながらも安らいだ。

御徒町駅で降り、改札口をぬけると、広い道の歩道を歩いた。

戦前は、その附近は静かだったが、車道に信号待ちの車がつらなり、商店には客の出入りが多い。昭和通りの上方には高速道路が走っていて、交叉点のあたりは車の吐き出すガスで煙っている。

横断歩道を渡り、商店のならぶ歩道を進んだ。空は晴れ、往き交う車のフロントガラスがまばゆく光っている。傾斜した枠つきの台に小型車を並べてのせたトレーラーが、黒い煙を吐きながら過ぎていった。

歩道から左に折れ、せまい道に入った。その一郭は、空襲にも焼かれることのなかった地で、モルタルづくりの建物と建物の間に、南京下見張りの古い木造の家がはさまったりしている。

初めて知人に連れられてふぐ料理店への道をたどっていった時、一つの記憶が突然のようによみがえった。

終戦の年の暮れに、私は、弟と理髪店をさがすためその一郭に足を踏み入れた。生れ育った町が空襲で焼土になり、焼跡に兄が建てたバラックに住んでいたが、そんな時代でも頭髪を刈って正月を迎えたかった。むろん理髪店などなく、日没後、焼跡をぬけて、三駅もはなれたその町の焼け残った地まで歩いて行った。

そこには理髪店があったが、どの店にも順番を待つ客が坐ったり立ったりしていたので、私は、弟と見知らぬ道をたどり、ようやく客の少い店を見出した。淡い電燈のともった侘《わび》しい店で、頤《あご》の張った無愛想な店主と、店の鏡に罅《ひび》が入っていたこともおぼえている。

その店などあるはずもないのに、私は、眼で家並や左右の道をさぐっていた。

煎餅を売る店が、前方に見えてきた。焼け残った折のままの造りであるらしく、外壁の板に歳月をへた古さがしみついている。

ガラス戸をあけ、せまい土間に入って奥に声をかけた。

白髪を後で小さくまとめた小柄な老女が出て来て、畳の上に置物のように坐った。煎餅を焼く時間ではないらしく、奥へ通じる板戸は閉められている。

私は、壁ぎわに重ねられた紙箱の中の最も大きいものを指さし、煎餅を詰めてくれるよう頼んだ。老女が立ってそれを手に坐り、私がえらんだ煎餅をビニール袋に入れ、箱におさめる。緩慢な動作で、緑色の紙を畳の上にひろげ、包装した。

ガラス戸が背後で開き、初老の女客が私のかたわらに立った。顔見知りの客らしく、老女の顔に初めて表情らしいものが浮び、無言で頭を軽くさげた。

代金を払い、箱を入れた紙袋を手に外に出た。煎餅はビニール袋に入れられてあるので、航空便で送れば湿気ることはないだろうが、家へもどる途中で油紙を買い、二重に包んで郵便局へ持ってゆこう、と思った。

前方に車道が近づき、車が右に左にかすめ過ぎる。道路の騒音がし、それを掻き消すように明るい音楽の旋律がきこえてきた。

道から歩道に出た私は、足をとめた。造花やモールで飾られた大型の宣伝カーがゆっくりと動き、その後からオープンカーがつづいてくる。冠をつけ赤、青、緑などのマントを羽織った若い女たちが、車の中に二人ずつ立ち、笑顔をみせて歩道の人に手をあげている。

宣伝カーから流れ出る音楽に、両側の店や事務所から人が出てきて、女たちを笑いながら眺め、手を振る者もいる。女たちの肩からは、ミス、準ミスと書かれた幅広いたすきがかけられている。

私は、車の列を追うように歩きはじめた。

帰艦セズ

発車ベルのはじけるような音に眼をさました橋爪は、窓の外に眼をむけた。

駅標に、おおみや、という文字が見え、ホームにはまばゆい蛍光燈がつらなっているが、駅の建物のはずれから見える空には、夜明けの色がひろがっている。下車した男や女が、ホームを階段の方へ眠そうな眼をして歩いていた。

ベルがやみ、列車が動きはじめた。

乗客の数は少くなっていて、前の座席に坐っていた二十四、五歳の髪を縮らせた男も、下車したらしく姿が消えている。男は、清酒入りの紙パックを窓際に並べ、青森駅を列車が発車した時から、南京豆をかじりながら酒を飲みつづけていた。橋爪は、盛岡駅を列車が過ぎて間もなく眠ったが、時折り眼をあけると、男は相変らず紙パックを手にしていて、どのあたりを列車が走っていた頃か、顔にハンカチをのせて眠っているのを見たのが最後であった。男は、大宮駅で降りたのか、それとも途中で下車したのか、南京豆の薄い皮が床にも座席にも散っていた。

橋爪は靴をぬぎ、足をのばして前の座席にのせた。

市役所に勤めていた時は、有給休暇を利用して北海道へ行ったが、一日も早く出勤しなければならぬので、空路で帰京するのが常であった。が、定年退職してからは急ぐ必要もなく、旅費を節約するため列車と連絡船で往復するようになっている。前日も、札幌駅の乗車券売場で、青森からは寝台列車を利用することも考えたが、思い直して普通座席の乗車券を買い求めた。

体が熱をおびたようにだるく、首の根がしこり、腹がひどく痛い。六十歳近い年齢では、夜、座席に坐ったままの列車の旅は苦痛で、この次は寝台列車に乗るか、思い切ってジェット機で往復した方がいい、と思った。

初めの頃は、橋爪が北海道へ行くと言い出すと、妻は不機嫌になり、その度にかれは、自分の稼ぐ金で行くのになにが悪い、と言って、物を投げつけたりした時もあった。そのようなことが繰返されているうちに、妻は諦めたらしく、かれが家を出る時は、帰るのはいつか、ときくだけになっている。

娘は三年前に結婚し、妻と二人だけの暮しは、月々支給される二十万円近い共済年金で十分なのだが、旅費が家計に食いこみ、退職金の一部を普通預金にしてある口座から金を引出さねばならない。残高は少くなっていて、そのうちに定期預金に手をつけなければならぬのは眼に見えている。旅行に出るのをやめようか、と思うこともあるが、北海道でおこなわれる民衆史研究会の集会通知をうけると、気持が落着かず旅仕度をはじめてしまうのだ。

沿線の町々は、まだ寝静まっていて、道に人の姿も見えない。

列車は、かなりの速度で進んでゆく。工事のおこなわれている東北新幹線の架橋が見え、工事標示の大きな看板もかすめ過ぎる。

やがて、所々に見えていた空地も消え、家や小工場のくすんだ建物が、線路のふちに隙間なくつらなるようになった。かれは手洗いに行き、洗面所で顔を洗い、口をすすいだ。鏡にうつっている顔はむくんでいて眼の下の皮膚がたるみ、額に皺《しわ》が深く刻まれていた。

車内アナウンスが次の停車駅を告げ、レールを鳴らす車輪の音が変り、列車が鉄橋にかかった。河原には鈍い朝の陽光がひろがり、川面を団平船が川下の方へ動いていた。

かれは靴をはき、ボストンバッグを網棚からおろした。

列車が徐行しはじめ、かれは、通路を乗降車口の方へ歩いていった。

電車から電車に乗りついだが、いずれも通勤客で満員で、橋爪は、ボストンバッグをかかえたり手にさげたりしながら立ちつづけていた。膝の関節に力がなく、足が何度もよろめいた。

郊外にむかう電車の窓に緑の色が増した頃、ようやく車内が空きはじめ、座席に坐ることができた。

ボストンバッグを膝に置いたかれは、その中に入れてある執葬認許証のコピーの文字を思いうかべた。北海道へ行く度になにかの刺戟をうけて帰ってくるが、今度の旅で得たものは強烈で、一文字一文字が胸に焼きついている。

小樽市内で研究会の集会が開かれるという通知をうけたのは半月前で、かれは五日前に東京をはなれ、小樽に行った。

十年前に北見市で創設された研究会の設立趣旨は、官庁側の公式記録を主として編まれた北海道開拓史を、直接開拓に従事した多くの労務関係者の証言、記録を蒐集《しゅうしゅう》することによって、補足、是正しようというものであった。明治初期から囚人その他、内地から送りこまれた者たちが、道路、鉄道、港湾、鉱山の開発をおこない、タコ部屋と呼ばれる工事飯場も各地に生れた。さらに戦時中には戦力増強のための強制労働も実施され、研究会では、必然的にそれらの殉難者の調査が主要な仕事の一つになっていた。

小樽市の研究会支部でもその動きがみられ、市役所に廃棄されずに保管されていた厖《ぼう》大《だい》な執葬認許証の中から、開拓に関係のある死者の記録をもれなく摘出し、死因を調べることになった。市役所では、会の調査目的に理解をしめし、未公開の認許証の閲覧を許可した。

橋爪が小樽についた時には、作業も最終段階にあって、二十名近い会員が、すでに十日近くかけて死者の記録整理をおこなっていた。

三日前の夜、小樽市内で五十名ほどの会員が集り、結果報告会がもよおされた。その席に、地元支部の事務局長が、ガリ版刷りにした死者一覧表を配布した。

そこには、死亡者名、その生年月日、住所、職業、傭人氏名、病名又は変死の手段、死亡年月日、死亡の場所、埋火葬場所が記され、傭人氏名に――組とあるのは工事請負人をしめし、朝、中とあるのは朝鮮人、中国人であった。

表を繰っていった橋爪は、三枚目の最下段にある記載に眼をとめ、体をかたくした。海軍という文字がまず眼に入り、その横に書かれた飢《き》餓《が》という文字との組合わせが異様に感じられた。

かれは、視線を据えた。死亡者は成瀬時夫、大正十年七月十九日生れで、職業は海軍機関兵、死因の欄には「飢餓ニ因ル心臓衰弱」とあり、死亡の場所は小樽市松山町南方約二千米の山中と記されている。

どのような死であったのか、その記述では見当もつかない。死亡年月日は昭和十九年七月二十四日午前八時とあるが、その下に「推定」と書かれていることから察すると、死亡後に発見され、死体検案によって死亡日時を推定したのだろう。

願人氏名は海軍大佐堀川平之助で、海軍側が遺体を荼毘《だび》にふしたのはあきらかだが、火葬したのが死亡推定日から一年近くもたった昭和二十年六月十六日であるのも不可解だった。

会場では、調査にあたった者の代表者の報告がはじまっていたが、橋爪は、その言葉も耳に入らず、一覧表を見つめていた。

死因の飢餓については、戦争末期の食糧難と関連があることはまちがいないように思えた。当時、北海道の食糧不足は深刻で、米の配給はなく、雑穀、薯《いも》、南瓜《かぼちゃ》などに代用され、ふき、わらび、うどはもとよりクローバー、なずな、いたどりまでも口にする状態だった。

飢餓が死の原因であることは、当時の食糧事情から考えれば一応理解はつくが、死亡者は海軍機関兵であり、軍に籍を置いた者が飢えて衰弱死するなどということはあり得ない。それに死亡場所が山中で、なぜそのような地に海軍機関兵が行ったのかも理解に苦しんだ。

報告者が何人か代り、質問する者もいたが、橋爪は、表に視線を落しつづけていた。横に坐っていた若い会員に肩を突つかれ、橋爪は、顔をあげた。正面の壇に置かれた机の前に立っている郷土史家の室田が、こちらに眼をむけている。

橋爪は、自分の名が呼ばれていたらしいことに気づき、あわてて立ち上った。その姿に、会員の中から失笑が起った。

「いいですね。第二十四番目の人物は、海軍関係ですから、調査はあなたにお願いしますよ。海軍は、あなたの専門だから……」

室田は、眼に笑いの色をうかべて言った。

橋爪は、一覧表の成瀬時夫の個所にNo.24と書かれているのを眼にし、

「承知しました」

と答えて、腰をおろした。

室田は、一覧表に記された死者の調査担当者を次々に指名し、会員からも発言があって、特定の死亡者の調査を引受けたい、と申出る者もいた。

報告会は十時すぎに終り、橋爪は、会場を出ると、暗い夜道をたどって小さな旅館にもどった。

部屋に入ったかれは、途中、自動販売機で買った酒を茶碗で飲みながら、室田の口にした「海軍は、あなたの専門だから」という言葉を反芻した。たしかに海軍機関兵の死亡者の調査は、自分がやるのが最もふさわしく、それに異論を唱える会員がいなかったのは、かれらが一人残らず自分の過去を知っているからにちがいなかった。

海軍整備兵であった橋爪が、禁固拘留の身でありながら霞ヶ浦航空隊を脱走したのは、昭和十九年五月上旬であった。

禁固室に投じられた直接の原因は、落下傘の窃盗だったが、それとともに半年前に時限装置つきの爆薬で九七式艦上攻撃機が爆破され、炎上した事件の重要容疑者と見られていたのである。

橋爪は、爆破事件についてはなにも知らぬと頑強に否認していたが、航空隊の調査官の推測通り、実行者はかれであった。それはかれ自身の意志によるものではなく、一人の民間人に巧みにそそのかされたからである。

男と最初に接触したのは、上野駅前であった。

その日、休日を利用して川崎市に住む友人の家を訪れ、夜、上野駅にもどった時には、航空隊の最寄駅である土浦を通る最終列車がすでに発車した後だった。

明早朝の定刻までに隊の営門をくぐらなければ、遅刻者として苛酷な制裁をうけるので、かれは、気も転倒し構内を狂ったように歩きまわった。そして、駅前に出た時、男が近づいてきて声をかけた。

橋爪が事情を口にすると、男は、土浦方面にトラックでもどるところだ、と言い、橋爪を助手台に乗せて土浦まで送ってくれた。

その後、男は、日曜日に隊に面会に来てくれたり、外出許可の出た日に市内の大衆料理店に連れて行って丼物を食べさせてくれたりして、橋爪は、男の好意に深い感謝の念をいだいた。

何度目かに会った時、男は、繊維業を営む友人が海軍に落下傘の売込みを望んでいるので、参考にするため落下傘一体を貸して欲しい、と言った。橋爪は、二十歳という若さであっただけに、恩義にそむくことはできないと考え、夜、格納庫から落下傘をひそかに持ち出し、飛行場のはずれで男に手渡した。

それから間もなく備品の総点検があって、落下傘の紛失が表面化し、調査がはじめられた。それに不安を感じた橋爪は、男に返却してくれるよう訴えた。が、男は、友人が遠方の地に持って行っているので、すぐに取り返すことは不可能だ、と答え、格納庫内の軍用機を爆破すれば、庫内に保管されている落下傘も飛散して員数計算が不可能になる、と強い口調で言った。

橋爪は、落下傘窃盗は軍法会議で死刑の判決をうけることも十分に予想される、という男の言葉に恐怖を感じ、男から渡された時限装置つきの爆薬を艦上攻撃機の機内に入れ、爆破炎上させたのである。

事故究明の調査がおこなわれ、橋爪が、夜、一人で格納庫に入るのを目撃したという証言があって、かれは捕えられた。取調べに対して、かれは落下傘持出しは自供したが、軍用機爆破については否定した。しかし、追及はきびしく、橋爪は、これ以上言いのがれることは不可能だと考え、夜、屋外の厠《かわや》に行った折に釘で両手錠をはずし、それを番兵に投げつけて逃走した。

東京都内に潜伏後、かれは北海道にのがれ、伊藤という偽名でタコ部屋に身をひそませた。頭の働きがよく体力にもめぐまれたかれは、親方の信頼を得て棒頭になり、労務者を督励《とくれい》し、逃走する者をすぐれた脚力で執拗に追い、「はやての伊藤」と言われて恐れられた。

終戦を迎え、北海道に進駐したアメリカ軍に保護してもらうため司令部に出頭したかれは、情報部で調査をうけ、その折に軍用機爆破をすすめた男が、アメリカ側の諜報機関員であったことを知った。

それから間もなく故郷の村へもどったかれは、逃亡兵という過去をもつ自分が生活してゆける地ではないことを感じて上京し、東京の郊外にある都市の市役所に雇として入り、やがて正式に採用されて妻帯し、公営住宅に居を定めた。

かれは、妻に自分が海軍整備兵であったことは告げたが、逃亡してタコ部屋にいたことはもらさず、闇の中に身をひそめるようにして日を過していた。

しかし、十年前、市役所に未知の男から電話がかかってきたことによって、闇は破れた。男は小説家だと名乗り、旧海軍法務関係者だと称するNという名の男から電話があって、橋爪が軍用機を爆破、逃亡し、現在、東京郊外の市役所に勤務中だ、と告げられた、と言った。Nからは、その後連絡はなく、旧法務関係者に電話の主に該当する名の者がいないことから、密告に近いものであったことを知ったという。

小説家は、もしもそのことを話してくれる気があるならききたいが、迷惑なら二度と連絡はしない、と言って電話を切った。

橋爪は、顔色を変えた。旧法務関係者とは、いったい誰なのか。自分の過去を知り、ひそかに自分を見つめている眼があることに恐れをいだいた。戦後二十数年がたっているが、軍用機を爆破、逃亡したことは非難されるべき行為であることに変りはなく、第三者に知られず生涯を終えたいと考えていただけに、衝撃は大きかった。

橋爪は、仕事が手につかず、夜も容易に眠りにつけなかった。

十日ほどたち、かれは、体がかたく締めつけられるような息苦しさに堪えられなくなった。このままでは精神錯乱を起すにちがいなく、それを避けるには、自分の過去を思いきりぶちまけてしまう以外にない、と考えた。

かれは、小説家が口にした電話番号をダイヤルし、話をするから家に来て欲しい、と伝えた。

翌日の夜、初老の男が、アタッシェケースを手に雨の中を訪れてきた。

橋爪は、身がまえるような気持で男を二階の部屋に通したが、予想とはちがって小説家という印象とはかけはなれた顔つきの男で、警戒心も少しうすらぐのを感じた。

男は、電話を突然かけた無礼を詫び、おもむろにテープレコーダーをテーブルの上に置き、ノートをひらいた。

橋爪は、問われるままに生い立ちから話しはじめたが、自分の過去を知られたばかりに、未知の男にこれまで秘しつづけていた事実を打明けねばならぬことに憤りと憎しみをいだいた。しかし、男が興味深そうな眼をして感嘆の声をあげたり、うなずいたりするのにうながされ、口が自然に動いていた。

次の日も雨で、夜、男は再びやってくると、テープをまわし、ノートをとった。二日つづけて会っているので、いつの間にか橋爪は、わずかながらも男にうちとけ、男が笑うのに誘われて頬をゆるめたりした。回想を語り終えたのは、十一時近くであった。

「あなたがお話しして下さったことを基礎に、小説を書かせていただくかも知れませんが、よろしいでしょうか。もしも御迷惑でしたら書きません」

男は、アタッシェケースにテープレコーダーをおさめながら、おだやかな口調で言った。

橋爪は、初めて電話をかけてきた時につづいて、御迷惑なら、という言葉を口にした男に反対する気も失われ、無言でうなずいていた。

男が帰ると、橋爪は、妙な感情が胸に湧いているのを感じた。長い間、胸に重苦しく沈澱していたものが、一気に消散してしまったような解放感に似た気分であった。自分をかたく包みこんでいた闇が消え、明るい空間に足を踏み入れたような気持であった。

かれは、その夜、久しぶりに熟睡した。

男は、橋爪が口にした航空隊の上官を探し出し、話をきいたりして裏付け調査をすすめ、やがて小説を書きはじめた、と連絡してきた。

その頃、橋爪は、男に話しただけでは気持がおさまらず、過去に身を置いた場所を自分の眼でたしかめてみたいという欲望にかられた。そして、日曜日に妻に行先も告げず、列車に乗って土浦へ行った。

かれは、逃亡後、初めて足をふみ入れる土浦の町におびえを感じながらも、航空隊跡に行き、思いがけず、手錠をはずして逃げた厠が朽ちかけて残っているのを眼にし、興奮した。さらに、諜報機関員であったという男に昼食を御馳走になった料理店が、当時とほとんど変らずに現存していることも知った。

この小旅行がきっかけで、かれは、休日を利用しては、逃走後ひそんでいた東京都内の町々を歩き、遂には気持を抑えることができず北海道に渡った。帯広駅で降りたかれは、記憶をたどってタコ部屋が設けられていたあたりを歩き、工事現場であった飛行場も見た。

四日後に帰宅すると、妻は、行先も言わずに出た橋爪をなじり、どこへ行っていたのか、とたずねた。かれは、気晴しの旅行をしただけだ、と答え、笑っていた。

半年後、小説家が文芸雑誌とお礼の品を持って家に訪れてきた。

男は、橋爪の話が余りにも波瀾に富んでいるので、かすかな疑いもいだいたが、裏付け調査をした結果、それが事実であることを知った、ともらした。

「厚生省援護局にも行って、あなたの資料を見ましたよ。兵籍番号は、横志整九〇一一ですね。逃亡と記載されていました」

男は、手帳に眼をむけながら言った。

かれが帰った後、橋爪は、雑誌をひらき、文字を眼で追った。自分の姓名は替えられていたが、語ったことは歪められることなく書かれていて、不快な気持はしなかった。むしろ、記憶が次々によみがえり、懐しさで活字から眼をはなしたり、涙ぐんだりもした。

読み終えたかれは、しばらく坐っていたが、階下におりると、洗濯機の前に立っている妻に雑誌を突き出した。

「ここにおれの過去がすべて書いてある。おれは、こういう人間なのだ」

かれは、雑誌をひらき、指さした。

その夜、妻は、激しく泣いた。

やがて、小説が、単行本として出版された。小説家が十部持ってきたが、橋爪は、さらに二十部書店から買い入れ、親戚、友人、知人らに配った。破れかぶれとでもいうような、居直った気持であった。

過去をたしかめたい気持は、さらにつのり、かれは、防衛庁防衛研修所戦史室に行って、海軍法務関係の軍法会議記録を調べ、昭和二十年六月に自分の欠席裁判がひらかれたのを知った。罪状は、軍用機爆破による重要航空兵器損壊罪、逃亡罪ほか六件で、判決は死刑であった。

かれは、小説家にしばしば電話をかけ、時には酔った勢いでタクシーを飛ばして家に行くこともあった。平穏な生活をかき乱した小説家に、依然として恨みに近いものを感じていたが、自分の過去をぶちまけたかれに奇妙な親密感もいだいていた。小説家は、橋爪が記憶にある地を訪れた話や軍法会議の判決結果などをきいていたが、時には家計を無視して旅に出るのは好ましくない、と、真剣な表情でたしなめることもあった。

しかし、そのような忠告も耳に入らず、かれは、北海道へひんぱんに旅行するようになった。タコ部屋の幹部であった老人をたずねたり、タコ仲間であった雑貨商を営む韓国人に会ったりし、終戦後、保護された連合軍情報部の置かれていた旭川へも足をむけた。その都度、一週間近く役所を休むので、上司からかなり強く注意をうけたが、北海道へ行くことはやめなかった。

定年退職後、道内を旅行中、室田という民衆史研究家がタコ部屋について書いた書物を買い求め、読んだ。そこには、労働によって死亡した労務者の記録とタコ部屋の組織が記されていたが、証言に応じてくれる部屋の関係者がほとんどなく、調査が行きづまっている、と訴えていた。

橋爪は、帰京後、かなりためらってから思い切って室田に長距離電話をかけ、タコ部屋に所属していたことを告げ、調査に協力してもよい、と申出た。

しばらくして、室田が上京し、橋爪の話をきいた後、共に北海道へおもむいた。

橋爪は、室田をタコ部屋のおかれていた帯広その他の地に案内し、棒頭をしていた時、墓標も建てずに二人の労務省の遺体を土中に埋めたことも口にした。それがマスコミ関係者に伝わり、発掘がおこなわれた。橋爪は、罪を悔いる加害者としてテレビカメラにおさめられ、土地の若い男たちから罵声を浴びせかけられた。

橋爪は、室田の推薦で研究会の会員に加えられた。会員は、大学教授、郷土史家、宗教家らであったが、会の主要な研究テーマの一つであるタコ部屋について、それに属していたかれの存在は貴重で、集会では、逃亡兵、タコ部屋の棒頭であったと紹介されるのが常であった。かれは、時には壇上に立って、自分の過去を語ることもあった。

駅前からバスに乗り、バス会社の営業所前でおりた橋爪は、裏手にひろがる公営団地の中に入っていった。

二階建ての棟割り住宅が並んでいるが、壁の剝落や雨漏れがひどく、三年後には取りこわされて九階の建物が建ち、住民が優先的に入居することになっている。住民たちは、その日がくるのを待ちかね、橋爪も思いは同じであったが、旅先などから帰って団地内に入ると、自分の住みなれた地にもどってきた安らぎを感じる。

古びたドアをあけると、かたわらの台所の暖簾《のれん》の間から妻が顔を出し、

「お帰りなさい」

と、言った。

橋爪は、居間に入り、卓袱台《ちゃぶだい》の前に腰をおろした。妻が帰りを待っていたらしく、食器や箸が並んでいた。

かれは、妻と向い合って朝食をとった。妻は、テレビの画面に眼をむけながら箸を動かしている。味噌汁がうまく、かれは、やはり家が一番良い、と思った。

食事を終えたかれは、あらためて顔を洗い、階段をふんで自分の部屋に入った。壁面に置かれた本棚には、いつの間にか買い集めた北海道関係の書物がつらなり、研究会の会報や資料をスクラップしたものも並んでいる。

かれは、押入れからふとんを引き出し、シャツ一枚になると身を横たえた。頭が熱をおびていたが、すぐに眠りの中に落ちていった。

眼をさましたのは、午後二時すぎであった。

まだ体がだるくそのまま寝ていたかったが、ふとんの上にあぐらをかくと、ボストンバッグを引き寄せ、報告会の翌日、支部の事務局長から渡された成瀬時夫の執葬認許証のコピーを取出し、視線を落した。

列車の中で調査の手順を考えたが、まず認許証に記された「死亡者住所」を手がかりに遺族を探し出すことから手をつけるのが常道だ、と思った。

戦後三十数年が経過しているので、遺族がその四国地方の都市から他の地に移住したり、または死亡していることも十分に予想された。住所宛に手紙を出すことも考えたが、町名変更、町村合併などで住所が変っている確率が高く、もどってきそうな予感がした。それよりも、成瀬という姓はそれほど多くはないはずなので、市内の電話の持主の中から同姓の者を拾い出して探した方が効果がありそうに思えた。

かれは、階下におり、居間に入ると受話器をとった。

市の電話番号調べの係が出たので、認許証に記載された住所を口にしてみたが、予想通り変更になっているらしく、そのような地名は実在しないという。かれが成瀬姓の電話の持主についてたずねると、係の女の声は絶え、やがて六軒だ、という答えがもどってきた。かれは、それらの番号を教えてもらい、メモ用紙に書きとめた。

かれは、手当り次第に電話をかけて、それでなんの手がかりも得られなかったら、次の手段を考えてみようと考え、再び受話器をとった。

初めにかけた家は商店ででもあるのか、愛想のよい男の声がし、橋爪が、成瀬時夫という海軍機関兵であった人が身内にいなかったか、とたずねると、男は、兄が戦時中に軍隊に入ったが、陸軍だ、と言った。次にかけた家は、家族が女だけで兵隊になった者はいない、と答え、つづいてかけた家では、電話口に出る者がなく、ようやく年老いているらしい女の弱々しい声が流れてきた。

かれが、繰返し述べてきた言葉を口にすると、女の声が急に甲高くなり、

「時夫は私の悴《せがれ》ですが、生きているのですか?」

と、叫ぶように言った。

橋爪は、期待はしていたものの電話口に成瀬の母が出たことに驚くと同時に、予想もしなかった女の言葉にうろたえた。

かれは、戸惑いながらも執葬認許証の記述内容を伝え、死亡していることはまちがいないようだ、と答えた。

女は、落胆したらしく少しの間黙っていた。

かれは、執葬認許証に成瀬の名を見出したいきさつを説明し、電話をかけた目的を伝えた。女は、自分たちも事実を知りたいと思っている、と答えた。

かれが、成瀬時夫の死についてどのようなことを知っているか、とたずねてみると、女は、昭和十九年夏、夫が市の海軍人事部に呼ばれ、暗い表情をしてもどってきたことを口にした。夫は、何日間も黙りこんだままであったが、問いただすと、息子が北海道のどこかの港で休暇をもらって下艦した折、軍艦が緊急出港したので帰艦できず、そのまま行方不明になっている、と答えた。それから一年過ぎた頃、骨壺が送られてきたが、内部は空で、母親は、遺骨がないことから息子がどこかに生きているのかも知れない、とひそかに考えつづけてきたという。

夫は、警察の要職についていた関係もあって、息子がどのような事情があるにせよ、艦にもどらなかったことを家の恥辱と考え、骨壺を土中に埋めはしたが墓は建てず、現在もそのままだ、と女は言った。

橋爪が女に年齢をたずねると、八十四歳だと答え、夫は十三年前に死んだ、という。

かれは、なにかわかったら連絡する、と言って住所と名をきき、受話器を置いた。

かれは、放心したような眼をしてその場に坐っていた。女の話によると、成瀬は帰艦できず行方知れずになったというが、その後、小樽市郊外の山中で死体となって発見されている。艦が突然出港してもどれなくなったら近くの海軍武官府にでも出頭すればよいのに、なぜそれをしなかったのだろうか。軍艦は、なんという名の艦か。北海道の港とは、どこなのか。

かれは、二階にもどると、女が口にした話の内容を大学ノートに書きとめた。そして、女宛に手紙を書き、調査することになった事情をあらためて便箋に記し、執葬認許証を複写したものを同封して郵送した。

五日後、女の娘から電話がかかってきた。成瀬の妹で、銀行に勤務していると言うだけに言葉遣いが丁重で、しかも歯切れがよかった。

彼女は、橋爪が手紙と認許証を送ってくれたことに礼を言い、母親が口にしたこととほぼ同じ内容を述べた。さらに、成瀬が乗組んでいたのは巡洋艦「阿武隈《あぶくま》」で、同じ乗組みであった人から戦友会の名簿ももらってある、と言った。橋爪は、乗組員であった人たちから記憶をひき出せば、事情はあきらかになるだろう、と考え、名簿のコピーを送ってくれるよう依頼し、電話を切った。

橋爪は、「阿武隈」という艦名を耳にしたことはあるが、どのような軍艦なのか知識はなかった。

勤務していた市役所の戸籍係に、戦史、殊に旧海軍関係のことに興味をもって書物その他を集めているという三十代の吏員がいたことを思い出した。橋爪は、その吏員から「阿武隈」についての知識を得ようと考え、昼の休憩時間に役所へ電話をかけ、軍艦のことで教えて欲しい、と言うと、吏員は、夜、家で待っている、と答えた。

その夜、食事を終えた橋爪は、メモ帳を手に自転車に乗って吏員の家に行った。代々農業に従事してきた家だが、吏員の父が、地価の高騰した土地の半ば近くを売ってマンション、駐車場などを経営しているので、広い庭のある門がまえの立派な家であった。

橋爪は、シャンデリアのさがった応接間に通された。

ソファーに坐ったかれが「阿武隈」の名を口にすると、吏員は、気軽に立って艦艇写真集をかかえてもどってきた。

吏員は、それをテーブルの上に置き、末尾の艦艇要目の項をひらいて「阿武隈」の部分を指さした。

橋爪は、小さな文字をたどり、メモ帳に写した。二等巡洋艦、基準排水量五、一七〇トン、速力三六ノット、乗員四五〇名、飛行機一機搭載などとある。

さらに吏員は、写真の部をひらいてみせた。三本煙突の軽快そうな「阿武隈」の写真が何枚もおさめられていて、フロートのついた飛行機が射出機の上にのっている写真もあれば、艦橋の周囲などに多くの機銃が突き出ているものもある。北方作戦を担当していた第五艦隊第一水雷戦隊旗艦という文字もみられた。

それらの写真に添えられた説明文を読んでいた吏員が、

「やはりそうか。この軍艦は、戦史に残る大変な作戦に参加しているんですよ」

と言って、再び応接間を出て行った。

もどってきた吏員は、分厚い書物のページをなれた手つきで繰った。

「映画にもなりましたでしょう。キスカ撤収作戦を成功させた軍艦ですよ」

吏員は、記述を眼で追いながらその作戦の概要を説明した。

昭和十八年五月、アッツ島守備隊が玉砕、その後に来攻が予測される近くのキスカ島の守備隊員を撤収させる作戦が計画された。その方面の制海・制空権は完全に米軍に掌握されていたので、きわめて危険度の高い作戦であったが、旗艦「阿武隈」に坐乗していた第一水雷戦隊司令官木村昌福少将は、自ら指揮をとって行動を起した。二等巡洋艦「木曾」、駆逐艦「夕雲」「風雲」「秋雲」らをひきい、濃霧を利してキスカ島に巧みに接近、大発を放って守備隊員全員を収容、急速反転して帰投した。収容人員は五、一八三名で、この成功は奇蹟の作戦として特筆されているという。

その後、「阿武隈」は北方海域の作戦に従事、昭和十九年十月、捷一号作戦に参加してフィリピン方面に出撃、二十六日、ミンダナオ海で米軍機の爆撃により沈没している。

書物から眼をあげた吏員は、思いついたように、

「なぜ『阿武隈』のことなど調べるんですか」

「今、お話をきくと、『阿武隈』は昭和十九年十月に沈んでいるそうですが、その三カ月前、北海道の港から出港した『阿武隈』に乗りおくれた機関兵がいましてね。そのまま行方不明になって一年後に死んでいるのが発見されたんです。その水兵のことを調べているので……」

と、たずねた。

橋爪は、「阿武隈」の写真に視線を落しながら答えた。

「逃亡したんですか」

吏員が、言った。

顔をあげた橋爪は、吏員の顔に困惑したような表情がうかび出ているのを見た。自分が逃亡兵であったことは市役所の中でも知られていて、吏員がその言葉を口にしたことを悔いていることはあきらかだった。

「いや、そうとも言えません。『阿武隈』が急に出港したので、取り残されたらしいのです」

橋爪は、メモ帳を閉じながら答えた。

かれは、吏員に礼を述べ、自転車をひいて門の外に出た。

家にもどって自分の部屋に入ったかれは、吏員が口にした逃亡という言葉を思い起していた。

橋爪の胸の中にも、帰艦がおくれたという成瀬の行為が、逃亡の意識によるものではないか、という考えがひそんでいる。成瀬の父が海軍に呼ばれて行方不明になったと告げられたのは、昭和十九年夏だと言っていたが、それは、霞ヶ浦航空隊を逃走した自分が北海道のタコ部屋に身をひそませた頃である。成瀬のことに執着し調査を進めているのは、成瀬が自分と同じ逃亡兵で、かれに若い頃の自分をみているのかも知れない、と思った。

「阿武隈」が北方作戦に主として従事していたことからみて、北海道の港に碇泊、出港したという遺族の言葉はそのまま信用してもよさそうだった。

二日後の夕方、成瀬の妹から大判の封筒が送られてきて、中に「阿武隈」戦友会幹部の名簿のコピーが入っていた。主として関西から九州方面にかけて在住している人たちで、妹の手紙には、成瀬の上官は南条広則という元大尉である、と記されていた。

橋爪の胸に、かすかな疑念がかすめた。妹は、その名簿を手にしていながら、直接、旧乗組員たちに事情をたずねるようなことはしていないらしい。常識的に考えて不自然だが、彼女の立場になってみればそれも不思議ではない、と思い直した。

彼女は、むろんどのような事情にあったのか知りたいのだろうが、その反面、知ることに恐れを感じているのではないだろうか。息子の墓も建てず、死ぬまでそのことにふれたがらなかった父の態度から察して、好ましくない行為を兄がおかしたとひそかに思っているにちがいない。偶々《たまたま》、兄のことを調べているという男から電話がかかり、さらに執葬認許証のコピーも送られてきて、気持が大きく動き、その男を介して間接的に知ろうと考えているのだろう。上官の名まで記してきていることに、橋爪は、彼女の複雑な心情をみるような気がした。

橋爪は、戦友会の幹部に一人残らず手紙を出してみよう、と思った。電話をかけてもよいのだが、話すよりも書いた方が十分に意がつたわるはずだ、と考えたのである。

かれは、早速、便箋を取り出し、ボールペンを走らせた。まず自分が旧海軍整備兵で、戦後、東京郊外の市役所に勤務、定年退職した身であること。北海道の民衆史研究会の会員をしている関係で小樽市郊外で死亡した成瀬の記録を眼にしたこと。遺族は母親と妹のみで、父親は、息子が「阿武隈」の緊急出港で艦にもどれなかったともらしていたが、それを家の恥辱と考え、墓も建てずに死亡し、遺族はどのような事情があったのか知りたがっていることなどを記し、もしも、記憶があるなら返事をいただきたい、と依頼した。

かれは、それを清書し、近くの文房具店に行って二十数通のコピーを作り、封筒に入れて投函《とうかん》した。

どの程度返事がくるか危ぶんでいたが、思いがけず半月ほどの間に一人をのぞいて全員から返事がきた。拒んだのは元警察官で、厚生省からの正式の問い合わせでないかぎり答えられぬ、と、葉書に書かれていた。

これらの手紙を読んだ橋爪は、大半の者が成瀬についての記憶がなく、わずか二通のみがそのことにふれているだけであるのを知った。

一通は、成瀬の教育を担当したことがあるという、現在は畳業を営む元上機曹からのものであった。それによると、「阿武隈」が小樽に在泊中、外出許可が出て成瀬は上陸したが、そのままもどってこなかったという。「成瀬君は性格温厚な真面目な人で、上位の人からも信用あつく、帰艦しなかったことを不思議に思いました」と、記されていた。

他の一通は、上官であった南条元大尉からのもので、便箋三枚に几帳面な文字が埋められていた。

大意は、艦が小樽に在泊中、姓名は忘れたが一人の水兵が帰艦せず、数日間、町の中や公園などを探し、列車で小樽から銭函《ぜにばこ》まで行き、姿を求めて歩きまわったという。

南条は、一般論としてだが、と前置きして、兵が帰艦時刻におくれた場合の処置について詳述していた。

海軍では、艦艇が港に在泊中、特に警戒が不要の折に、夕方の作業終了後から翌朝の作業開始時まで二分の一の乗組員を外出させる入湯上陸を許可する。が、時には水兵が、勤務の疲れが尾をひいて寝過す等の原因で、帰艦時刻におくれ、きびしく叱責されるのを恐れて桟橋近くまで来ながら、もどろうとしない者もいる。

艦側では、その水兵の帰艦がおくれればおくれるほど罪が重くなり、海軍刑法にふれて処罰される事態にもなるので、総力をあげて探し出すことにつとめる。しかし、その努力もむなしく発見できない場合には、所轄の憲兵隊に身柄関係の書類その他を送致し、捜索を委任する。このようになった場合には、戦時海軍刑法の帰艦におくれた罪にあたる後発航期罪が適用されて、銃殺に処せられるという。

最後に南条は、「阿武隈」が、その後、捷一号作戦参加のためフィリピン方面に出撃したが、小樽港を緊急出港した記憶はなく、自分が数日間水兵を探すのにつとめたことでも、それはあきらかだ、と結んでいた。

この二通の手紙によって、成瀬が帰艦しなかった港は、小樽であることが明白になった。

南条は、数日間捜索をしたと書いてあるが、他の数通の手紙には、成瀬の父親が言っていたように、戦局が切迫し捷一号作戦参加のため小樽を緊急出港したとあり、これは南条の記憶ちがいということも十分に考えられた。

橋爪は、これらの手紙を読み、三十余年という歳月が人間の記憶をほとんど失わせてしまっていることに、恐れに似たものを感じた。手紙の大半は、捷一号作戦での戦闘と沈没時のことが書かれ、半ば以上が戦死し、その折に右手を負傷したので今でも乱れた字しか書けぬ、と断りを添えたものもあった。旧乗組員たちにとっては、最後の戦闘が強烈な印象になって残り、作戦前、小樽出港時に一水兵が帰艦しなかったことなど、些細な出来事として忘れ去られてしまっているのだろう。

暑い夏がやってきた。

八月中旬、成瀬の妹から電話があり、母が事実確認のため厚生省援護局に手紙を書いたところ、白川という元海軍下士官の事務官から返事が来て、いつでも相談に乗るから局にくるように、と書いてあったという。

母は上京したいと言い、妹が付添ってゆくことになったが、橋爪の家を訪れて礼を述べ、それから厚生省に行くつもりだ、と言った。

橋爪は、自分の家にくる交通機関を教えた。

三日後の午後おそく、妹が駅前から電話をかけてきて、バスに乗る、とつたえてきた。

橋爪は、ズボンをはきかえ、バス会社の営業所まで行った。

バスがフロントガラスを眩ゆく光らせながら近づいてきて、営業所前でとまった。老いた女と、大きなボストンバッグを手にした四十七、八歳の女が、路上に降り立った。成瀬の母てると妹の鶴代であった。

橋爪は、二人を案内しながら、顔に汗をうかべて歩くてるの姿に痛々しさを感じた。腰がまがり、白髪の地肌が透けている。四国から上京してくることは、老いの身にとって苦痛にちがいないが、息子がどのような事情で帰艦しなかったのか、それをたしかめなければ死ぬにも死にきれぬ思いでいるのだろう。

橋爪は、てるに歩度を合わせてゆっくりと歩いた。

二階の部屋に二人を通し、橋爪は、扇風機をまわした。てるは、風をうけながら、しきりにハンカチで額や首筋の汗をぬぐっていた。

挨拶がすむと、鶴代が口ごもりながら、思いがけぬ話を口にした。橋爪がてるに突然電話をかけ、つづいて執葬認許証のコピーを送ってきたことに、驚きを感じると同時に不安にもなったという。

「よく老人がだまされる話がありますでしょう。無償でこのようなことを調べて下さる人がいるとは思えず、なにか目的があってのことかも知れない……と」

鶴代の言葉に、てるもうなずいていた。

二人は相談し、橋爪の手紙に市役所を定年退職した身だと書いてあったので、それが事実であるかをたしかめるため、鶴代が市役所の総務課に電話をかけた。課員が、まちがいなく建設課に長年勤務し、定年で退職したと答えたので、ようやく信用する気になったという。

「女二人の生活ですので、必要以上に用心深くなっているのです。お気を悪くなさらないで下さい」

鶴代は頭をさげ、てるもそれにならった。

無理もない、と橋爪は思った。急に接触してきた未知の男を薄気味悪く感じたのは、当然のことにちがいなかった。家族の内情を調べ、それをたねに金品をおどし取る事件が、新聞記事などにもなっている。母娘は、自分の素姓をたしかめたことによって不安も消えたと言っているが、疑念はまだ残っているはずである。

自分が成瀬の死について執着するのは、あくまでも自発的なもので、他意はないことを確実に知らせ、少しの不安もいだかせぬようにしなければならぬ、と思った。

「実は、私は、戦時中、海軍を逃亡した者なのです」

橋爪の言葉に、母娘は、驚いたようにかれの顔を見つめた。

かれは、戦時中、自分のとった行動について手短かに説明した。

「私は、大それたことをしでかして脱走し、それから逃げまわって、現在もこうして生きています。私にくらべますと、息子さんは純真で、真面目な方のようで、帰艦がおくれ、なにかの理由で山の中で死んだのでしょう。私が息子さんの死について真実を知ろうとつとめているのは、私の慚愧《ざんき》からです。同じ北海道で、私は図太く生き、息子さんは死んだ。他人事とは思えないのです」

橋爪は、自分に言いきかせるように言った。

母娘は、黙って視線を落していた。

橋爪は、立つと、旧乗組員からきた手紙の束を二人の前に置き、その内容について話し、緊急出港したのが小樽であることを口にした。そして、手紙の束をほどいてひろげると、二人は身をかがめてそれを手にした。

鶴代が一通ずつ眼を通して、これはと思うものをてるに渡す。てるは、顔を上下させながら文字をたどっていた。

無言で手紙を読んでいた鶴代が、顔をあげると、

「やはり、軍艦が急に港を出たと書いてありますね。それなのに、乗りおくれたからと言って罪になり、銃殺までされるんですか。こんなひどいことがあるんでしょうか」

と、甲高い声で言った。眼に憤りの色がうかんでいる。

「そうですよね。ひどい話です」

橋爪は、うなずいた。

「銃殺？」

てるが、鶴代の顔を見つめた。

鶴代は、南条元大尉の手紙を手にし、後発航期罪の記述を読んできかせた。

橋爪は、二人に眼をむけているのが堪えられなかった。軍艦の戦時下の行動は、乗組員全員が規律を厳守することによって支えられている。そのため、規律に反した行為をとった者は、容赦なく厳罰に処せられ、銃殺刑も科せられる。一般人には無法に思えるにちがいないが、それが戦争というものなのだ、と思った。かれは、口をつぐんで坐っていた。

西日が、窓にあたりはじめた。

橋爪は、このようなせまい部屋でよければ泊って下さい、と言ったが、二人が遠慮したので、駅前の小さな旅館に案内した。宿賃は安く、二人には大した負担にならぬはずであった。

かれは、明日、不案内な彼女たちを厚生省に連れてゆくことを約束し、暗くなった道に出ると、バス発着所の方へ歩いて行った。

翌朝、かれは旅館に行き、妹の代りに厚生省の白川事務官に電話をかけ、二時間後に行く、とつたえた。

その日も暑く、かれは、二人と電車に乗った。

厚生省援護局業務二課の部屋は、農林水産省の別館にあった。

受付で妹が用件を口にすると、白川がすぐに机の前から立ってきて、衝立で仕切られた席に案内してくれた。温和な眼をした男で、鶴代が資料閲覧の申請書に所要事項を書きこんでいる間、てるに年齢をきき、同情の言葉をかけたりしていた。

やがて、母娘と白川の間で言葉が交された。鶴代は、亡父からきいた話をし、それが罪になるのだろうか、とたずね、てるは、息子の汚名をそそぎ墓を建ててやりたい、と訴えた。

白川は、うなずきながらメモをとり、奥の部屋に入っていった。

役所というものに恐れに似たものを感じていたらしいてるは、白川の人柄に安堵したのか、煙草を取り出すと背を丸めてマッチを擦《す》った。

しばらくして、白川がもどってくると椅子に坐り、

「せっかくおいで下さったのに申訳なく思いますが、書類をお見せすることは、一事務

官の私には判断がつきかねます。上司の意見も仰ぎ、早急に書類をお渡しできるよう事務手続きをいたしますから、もう少し時間をお貸し下さい」

と、言った。

母娘はうなずき、橋爪も白川に、よろしくお願いします、と言って頭をさげた。

門の外に出た橋爪は、てるがすっかり疲れているらしいのに気づき、タクシーをとめると、母娘を東京駅に連れて行った。

昼食時になっていて、かれは、母娘に誘われ、駅の地下街にある食堂に入った。てるは、酒を注文して橋爪にすすめ、自分でも銚子をかたむけ、うまそうに飲んだ。てるの口数は多くなり、橋爪に繰返し感謝の言葉を述べては頭をさげる。眼に酔いの色がうかび、涙がにじみ出ていた。

食堂を出た橋爪は、母娘を新幹線の改札口まで見送った。てるは、鶴代に手をとられて歩き、こちらを振りむくと頭を深くさげ、ホームにのぼるエスカレーターに乗って消えた。

かれは、帰りの電車の中で、自分の母のことを思い起した。

逃亡後、北海道から家に帰ったのは、終戦の年の十二月初旬で、夜になるのを待って頰かむりをし、畦道《あぜみち》をたどって燈のみえる生家の裏手に近づいた。

ひそかに兄の名を呼び、いぶかしそうに戸をあけてくれた兄に家の中へ引き入れられた。炉端に坐っていた母が、よろめくように立ってくると、無言でしがみつき、

「生きていたのか」

と言って、かれの頭を幼児をあやすようになでた。

想像していたことではあったが、家族は大きな苦しみを味わされていた。憲兵隊がやってきて荒々しく家宅捜索をし、その後も特高係の刑事が、送られてくる手紙類をすべて検閲し、家族を尾行した。

村人たちは、橋爪が落下傘を盗み、軍用機を爆破して逃走したことを知り、小学生であった橋爪の弟は、スパイと渾名され、しばしば集団暴行をうけた。村の子供たちは、家の前にくると、「見よ落下傘、空を征《ゆ》く……」と歌って、はやし立てた。父は、その苦悩がもとで脳溢血で急死した。

戦後も、家族は、村の者の冷い眼にかこまれ、孤立していた。橋爪は、三日後の夜、再び頬かむりをして家を出ると、故郷をはなれた。母は、その後間もなく死んだ。

てるも鶴代も口にしていないが、成瀬が行方不明になった後、その生家も、自分の場合と同じように家宅捜索をうけ、張込みもおこなわれたはずであった。父親が、終戦後も墓を建てなかったのは、近隣の者の眼をはばかったからで、警察関係者であったかれ

は、勤務先でも身をすくめるように日を過していたにちがいない。

腰をかがめてエスカレーターに乗っていったてるの姿に、悲しげな眼をしていた母の顔が重り合った。

数日後、鶴代の礼状が蒲鉾《かまぼこ》とともに送られてきたが、その後、連絡はなく、九月に入って十日ほどたった頃、鶴代から電話がかかってきた。

厚生省の白川事務官から電話があって、書類が揃ったが、コピーは遺族にしか渡してはならぬという規則があるので、第三者を伴わず来て欲しい、と言ったという。鶴代は明日上京し、四谷に住む友人の家に泊めさせてもらい、明後日厚生省へ行くが、一人では心もとないので、連れて行って欲しい、と言った。

橋爪は、四谷駅のホームで会うことにし、電話を切った。

二日後、午前九時に、かれは、鶴代とホームで落合い、東京駅まで電車で行き、タクシーに乗って農林水産省別館前で降りた。白川が、前回書類を閲覧させるのを渋ったのは、自分がついていったからにちがいなく、それも職務上当然のことだ、と思った。

橋爪は、建物の外で待つことにし、鶴代が門の中に入ってゆくのを見送った。

残暑がきびしく、かれは、陽光を避けて街路樹の下に入った。道に車が往き来し、歩道にも人が往き交う。どのような書類のコピーが鶴代に渡されるのか、自分とはちがって逃亡扱いでないものであればよいのだが、と願った。

一時間ほど過ぎた頃、建物の入口に鶴代の姿が見え、かれは、街路樹の下をはなれた。門を出てきた鶴代の表情を眼にした橋爪は、書類の内容が好ましくないものであるのを感じた。

かれは、鶴代と歩道を歩き、喫茶店に入った。

コーヒーを注文し、コップの水を一口飲んだ橋爪は、鶴代の表情をうかがいながら、

「どうでした」

と、声をかけた。黙ったままの鶴代が不安であった。

鶴代は、無言で床に置いたボストンバッグの中から茶色い大型の封筒を取り出すと、かれに差出した。

「こういうものは、二度と読みたくありません。橋爪さんに一応お渡ししますから、後で送って下さい。母には、折をみて話します」

鶴代は、とぎれがちの口調で言うと、窓の外に眼をむけた。

封筒を受け取った橋爪は、その場で書類を見ることがためらわれ、そのままテーブルの端に置いた。

重苦しい沈黙が流れ、橋爪は煙草をすい、コーヒーを飲んだ。

鶴代が、腕時計に視線を落すと腰をあげた。橋爪は、伝票に手をのばし、代金を支払って外に出た。

タクシーを拾い、東京駅に行った。

「御足労をおかけしました。その上に長い間待っていて下さって……」

鶴代は、まだなにか言いたそうだったが、頭をさげると背をむけ、改札口の方へ歩いていった。

郊外にむかう電車の座席に坐ったかれは、封筒を膝の上に置いたまま窓の外をながめていた。どのような内容なのか気がかりだったが、読んではいけないようなためらいを感じていた。

かれは手を動かし、封筒の中からおもむろにコピーを取り出し、視線を落した。

「佐海團人機密」という文字が、眼に入った。それは、昭和二十年七月十日付の佐世保海兵団長から佐世保鎮守府司令長官宛の兵員死亡報告書であった。

死亡者は、佐世保海兵団附海軍上等機関兵成瀬時夫とあり、死亡場所、日時（推定）につづいて、死亡前後の状況が記されていた。

橋爪は、文字を眼で追った。

本人ハ阿武隈乗組中　同艦小樽港碇泊時昭和十九年七月二十二日〇〇四五ヨリ七月二十三日〇六一五迄允許上陸シ　帰艦ノ途次前日ノ宿所同市稲穂町西四丁目鍵善旅館ニ辨當箱（官品）ヲ忘置セルニ氣付　直ニ引歸シタルモ　該旅館ノ位置ヲ忘却捜索中歸艦時刻ニ遅延スルヲ懼レ同市稲穂町池神末松商店ヨリ自轉車ヲ借用シ正規時刻ニ歸艦セリ歸艦後該自轉車返却名義ノ下ニ再ビ許可ヲ受ケ上陸シ　午前歸艦スベキ筈ノトコロ右時刻ヲ過グルモ歸艦セズ　直ニ捜索セルモ不明ナルヲ以テ　同艦作戰任務行動上行方不明中ノ儘七月二十三日附本團ニ送籍セル者ナリ　其ノ後何等ノ手懸ナク行方不明中ノ處昭和二十年六月三十日附ヲ以テ小樽在勤海軍武官府ヨリ同人變死ノ通報アリタリ　變死ニ至ル迄ノ狀況ハ別紙小樽憲兵分隊長報告書及檢案書ノ通

死因　………自殺セルモノト認ム

（終）

橋爪は、背筋がかたく凍りついたような感覚におそわれた。思いもかけぬ出来事がそこに述べられ、官用語の短い文章に、一人の水兵の動きが重苦しく描き出されている。末尾の自殺という二文字が、眼に突き刺さってきた。

かれは、次の書類にあわただしく視線を移した。それは、小樽憲兵分隊長から函館地区憲兵隊長と小樽在勤海軍武官宛の報告書で、死亡場所、推定日時について「變死狀態ノ概要」として次の記載がみられた。

變死者成瀬時夫ハ昭和十九年七月小樽港碇泊中ノ軍艦阿武隈ヨリ逃走　前記ノ場所ニ於テ自殺ヲ遂ゲ　其ノ後死體ハ風雪ニ晒サレアリタルモノト推定セラレ骨片トナリテ現場約十米四方ニ散亂シ　附近ニ殘置セラレタル制服制帽ニ記入シアル氏名ヲ辛ジテ判讀シ得タリ

發見者　小樽市松山町三三番地

船員　高橋龜之助　當六十二年

(了)

最後の書類は、検案書であった。

白骨トナリ而モ其骨格散亂シ原形ヲ留メ非ザル爲　氏名年齢男女性別死亡ノ原因死亡ノ日時ハ不明ナルモ　殘留セル骨ヲ檢スルニ人間ノ骨タルコトニ相違ナク死後約一年ヲ

經過セルモノト認ム
死亡ノ場所 小樽市松山町南方二千米ノ山中
右検案候也
昭和二十年六月六日
小樽市稲穂町東五丁目三番地
醫師 岩崎昌平 印

胸に、熱いものが突き上げてきた。弁当箱が原因であるのが、悲しかった。それを紛失したことによって、成瀬は自殺し、家族は汚名にさらされ、墓石も建てられていない。成瀬は早朝に起きて旅館を出たが、弁当箱を忘れたことに気づき、狂ったように旅館を探しまわったにちがいない。帰艦時刻がせまり、商店の者に懇願して自転車を借り、桟橋にむかってペダルを踏んだ。艦にもどったかれは、弁当箱を持たずに帰ったことを報告、激しく叱責されて官品紛失の罪の重大さを知り、再び上陸した。が、それを探し出すことができず、そのまま桟橋に足をむけることをしなかった。想像される苛酷な制裁と処罰に恐怖をいだき、気持もすっかり萎《な》えてしまっていたのだろう。

橋爪の経験では、外出時に稀に握り飯を持たされたことはあっても、弁当箱を手にしたことはなかった。当時は食糧が不足していて、外出先で食事をとれぬことも予想されるので、主計科が携行させたのだろう。上陸時刻は深夜の午前零時四十五分で、弁当は朝食用であったにちがいない。

発見された遺体は無惨で、散乱した骨を検案医が辛うじて人骨と認めることができた、と記されている。鶴代が再び読みたくないと言っていたのは、その記述にちがいなかった。「風雪ニ晒サレ」とあるが、果して原型の痕跡すら失われるほど損われるものだろうか。

佐世保海兵団長の報告書によると、七月二十三日の午前を過ぎても帰艦しなかったので、その日附で海兵団に報告した、とある。成瀬の父は、艦が緊急出港したために乗りおくれたと言っていたというが、それは、てるや鶴代をはじめ周囲の者たちに息子の逃亡をとりつくろおうとしたためなのか。

橋爪は、書類を封筒の中にもどした。車窓からみえる空は青く、ビルの窓は陽光を反射して輝いている。

かれは、書類の記述を反芻した。小樽憲兵分隊長の報告書には「阿武隈」から「逃走」とあり、海兵団長の報告書も意図的な逃亡者として扱っている。これに対して成瀬の父は急に艦が出港したためもどれなかっただけだ、と家族に告げ、旧乗組員からの手紙にもそれを裏づけるようなものが何通かあった。

いずれが正しいのか。それを知るためには、「阿武隈」が緊急出港した事実があったかどうかを調べる必要があった。

かれは、封筒を手に眼を閉じた。


翌日の午後、橋爪は、電車に乗って山手線の恵比寿《えびす》駅で下車し、商店街をぬけて防衛庁防衛研修所の門をくぐった。

受付で面会票に記入し、バッジを開襟シャツの胸ポケットにつけて、ゆるい坂をのぼった。

研修所図書館の閲覧室に入ったかれは、カウンターの前に行き、巡洋艦「阿武隈」の昭和十九年七月の戦時日誌閲覧を申出た。館員は親切に応じ、橋爪が記入した閲覧依頼の紙片を手に書庫へ入ってゆくと、すぐに黒い表紙の分厚い日誌を持ってきて、渡してくれた。

橋爪は、閲覧机の前に坐り、日誌を開いた。

黄ばんだ藁半紙にガリ版刷りの文字が並び、最初にその月の行動概要が記されていた。

第一水雷戦隊の駆逐隊は、千島方面の輸送船団護衛に従事していたが、敵潜水艦の行動が活潑化していて、七日には駆逐艦「薄雲」が雷撃をうけて沈没、ついで、輸送船「太平丸」、「日鵬丸」、「三穂丸」が撃沈されたと記され、北方海域の戦況が深刻化していたことがうかがえた。その間、旗艦「阿武隈」は、その月の上旬、横須賀工廠で二号二型電波探信儀を装備し、大湊をへて十七日に小樽に入港、訓練整備を実施した、とある。

橋爪はページを繰り、艦艇行動表の個所で眼をとめた。最上段に「阿武隈」の動きが日を追って記されていて、それによると、十七日に小樽に入港し、二十八日まで在泊して午後出港、翌日大湊に入っている。

やはり、成瀬は逃亡したのだ、と思った。かれが弁当箱を探すため再び上陸し行方不明になったのは七月二十三日で、その後、「阿武隈」は五日間、港内に在泊していて、かれが艦にもどるには十分すぎるほどの時間があった。分隊長の南条元大尉が捜索につとめ、小樽と札幌の中間点にある銭函まで列車で行ったという記憶は正しく、五日という日数があったからそれが可能であったのだ。

たしかに戦局は緊迫化し、「阿武隈」は、その後捷一号作戦に参加してはいるが、少くとも小樽では緊急出港した事実はなく、成瀬がそのために乗りおくれたということもない。成瀬の父は、海軍側から逃亡を告げられたが、家族に衝撃をあたえるのを恐れ、苦慮した末、乗りおくれた、としたのだろう。

その夜、橋爪は、鶴代が援護局から受け取った書類をノートに書き写し、翌日、書留郵便で鶴代に返送した。同封した便箋には、書類の内容を読んだ驚きと同情に堪えないことを記しただけで、「阿武隈」の戦時日誌で知った事実についてはふれなかった。それを教えることは、母娘に一層の苦悩を負わせることになり、酷だ、と思ったのである。

十月下旬、民衆史研究会小樽支部から、執葬認許証の死者の調査結果報告会がひらかれるという通知をうけた。

橋爪は、出席の返事とともに海兵団、憲兵隊の報告書の概要を記したものを同封し、事務局長宛に送った。

かれは、会の開かれる日の朝、家を出て羽田にむかい、空路千歳におもむいた。北海道はすでに秋色が濃く、かれは、列車で小樽市に入った。空気は冷え、旅館にはストーブがたかれていた。

旅館の女主人が、支部の事務局長からの連絡事項をつたえてくれた。橋爪が旅館についたら、局長の自宅に電話をかけて欲しい、という。

橋爪は、すぐに受話器をとった。

局長は、報告会までに、橋爪が送った公式記録の内容の裏付け調査をしておく必要があると考え、会員にはかったところ、高校教師をしている二人の会員がそれを担当したい、と申出た。その後、二人は調査していたが、その結果を橋爪に報告したいので、会がはじまる三十分前に会場の部屋に行って欲しい、という。

橋爪は承諾し、受話器を置いた。

夕方、かれは早目に食事をとり、コートの襟を立てて会場にあてられた海員クラブの一室におもむいた。ストーブに火が入っていたが、だれもいなかった。

かれは、ストーブに近い椅子に坐り、アルミニウム製の灰皿を引き寄せ、煙草をすった。

五分ほどした頃、三十年輩の二人の男が入ってきて、橋爪に挨拶した。名刺には、勤務している市内の高校名が印刷されていた。

かれらは、橋爪の横に並んで坐り、ノートをひらいた。

橋爪は、かれらの光る眼を見つめながら報告をきいていた。

かれらは、まず成瀬の遺体を検案した岩崎昌平の証言を得ようと考えた。岩崎医院は、書類に記されていた住所に現存していたので訪れたが、検案した医師はすでに死亡し、息子が医業をついでいた。かれに、検案について質問してみたが、それに関する記録はなく、父からきいたこともない、と答えた。

ついで、遺体の発見者高橋亀之助を探し出すことに手をつけた。しかし、昭和二十年当時、六十二歳とあることから生存している確率はきわめて低いと考えられ、事実、記載された住所に該当者はいなかった。附近の者にきくと、たしかに高橋姓の家族がいたが、終戦後数年たって他に移住していったという。

かれらは、直接関係した二人から証言を得られなかったことに失望した。

「ところがですね。遺体の発見された場所の近くで、有力な聴き取りができましてね」

一人が眼を輝かせて言うと、他の教師もノートに視線を落しながらうなずいた。

遺体が発見されたのは終戦直前のあわただしい頃であったが、為体《えたい》の知れぬ異様な雰囲気であったので、五十代から六十代の男二人、女一人が、それについて記憶していた。女は、発見したのは山菜取りに山に入った老いた漁師だと言ったが、それは船員高橋亀之助にちがいなかった。

発見された直後は、警察官が現場に入り、この証言者の男の一人も他の者とついていったという、が、憲兵隊員の乗ったサイドカーが蛇行した山道をのぼってゆくのを眼にしてから、現場附近は立入り禁止になった。そして、警察官が家々をまわって、遺体のことについて町の者に話してはならぬ、と告げたという。

教師たちの得た証言は、それだけではなかった。

遺体の発見された前年の夏から晩秋にかけて、奇異な風体をした男が山林にいるのが附近の者に目撃された。衣服も顔も汚れ、人の姿を見ると、素速く身をかくす。気味悪がった者たちは、山男ではないかと話し合い、山林に入るのを恐れた。現場《ば》の近くに馬鈴薯《れいしょ》の畠があったが、それが荒され、また農具を入れた小舎に人が寝た痕跡が残っていた。それらは、山中にひそむ男の行為と考えられ、発見された遺体も、その男のものにちがいない、と、ひそかに噂し合った。

なぜ、骨が原型をとどめぬままに散乱していたのか。それについては、その附近には狐《きつね》、烏《からす》の類が多く、遺体を食い散らしたのではないか、と言ったという。

橋爪は、教師たちの顔を見つめていた。それらの証言は、成瀬が、山中に身をひそめてからかなり長い間生きていたことをしめしている。医師の検案にもとづいて憲兵分隊長は、成瀬が逃亡直後に自殺したと推定しているが、かれは飢えに苦しんで農作物を食い、雨露を避けるため小舎にももぐりこんだ。

秋も深まり、やがて雪がやってきて、地上に食物は絶えた。かれは、厳しい寒気の中で飢え、死を迎えたにちがいない。「飢餓ニ因ル心臓衰弱」という執葬認許証の文字があらためて思い起され、橋爪は深い息をついた。

部屋に人が集ってきて、報告会がはじまった。他の死者の結果報告は簡単で、成瀬についての調査内容が最も密度が濃く、注目された。

橋爪は、二人の教師が代る代る立って説明するのをききながら、悔いに似たものが、胸の中に湧いているのを感じていた。一人の海軍機関兵の死因を探るため調査をしたが、それは結果的に遺族の悲しみをいやすどころか、新たな苦痛をあたえている。三十数年の歳月をへてようやく得られた一人の水兵の死の安らぎを、かき乱してしまったような罪の意識に似たものを感じていた。

報告会が終り、腰をあげた教師の一人が、明日は日曜日なので現場に案内する、と言った。橋爪は、黙ってうなずいていた。

翌日、朝食をすませて間もなく、教師が迎えにきた。

橋爪は、教師にうながされて車の助手席に身を入れた。車内はヒーターで暖かく、窓ガラスが曇っていた。

車は、商店街をぬけ、家並の間を進んでゆく。

やがて道は上り勾配になり、市の葬祭場のかたわらを過ぎた。人家がまばらになって、両側に葉の枯れた樹木がつづいている。教師は、積雪期になるとこの道は車が入れなくなる、と、つぶやくように言った。

車は、蛇行した道をのぼりつづけた。

「ここで降りて、歩きます」

教師が、道の端に車をとめた。

橋爪は、ドアの外に出ると、林の中の細い道を教師の後についていった。風もないのに落葉がしきりで、森閑としている。教師は、枯葉をふみながら無言で歩いてゆく。

十分ほどした頃、教師が大きな岩のある所から道をそれ、左の方向へ進み、やがて足をとめると、

「ここです」

と、言った。

橋爪は、周囲を見まわした。「山中」という記述から鬱蒼と樹木の生い繁った場所を想像していたが、灌木がまばらにあるだけで、枯れた草が平坦な地表をおおっている。

教師の指さす方向に眼をむけると、かなりはなれた樹木の間から、成瀬が農作物を荒したという耕地らしいものがかすかに見えた。航空隊を脱走し、タコ部屋にひそんで労務者を監督する棒頭となり、逃げた者を執拗に追った自分のことが思い起された。同じ海軍の逃亡者でありながら、自分はともかく生きぬいたのに、成瀬は、弁当箱一個のために悩み、そして飢えて死んだ。

橋爪は、骨の散乱していたという場所に足をふみ入れたが、すぐに立ちどまった。思いがけず眼下に港が見下せ、外洋のひろがりも一望にできる。海は凪《な》いでいるらしく、湖面のような海面に陽光が輝いていた。

不意に、一つの情景が胸の中にうかんだ。

水兵服をつけた若い男が、灌木のかたわらに膝をついて港を見下している。巡洋艦「阿武隈」が、煙突から淡い煙をただよわせ、白い航跡をひいて港外にむかって動いてゆく。

かれの胸には、さまざまな思いが激しく交錯していたのだろう。弁当箱を見つけることができずこの地にのがれたが、その間、艦にもどろうという思いと、もどれぬという気持が入り乱れ、何度も山を下りかけたにちがいない。

五日間が経過し、かれは、この場で「阿武隈」が出港してゆくのを見下した。叱責とそれに伴う苛酷な制裁を恐れてこの地にのがれたことを、どのように考えていたのだろうか。

艦は港外へとむかっていて、すでにもどることは不可能になった。かれは、自らが逃亡兵の身となり、両親をはじめ家族が、軍と警察の厳しい取調べをうけ、周囲の侮蔑にみちた眼にかこまれることに恐怖をいだいていたにちがいない。かれは、艦が港をはなれ、外洋を遠く去ってゆくのを、身をふるわせながら見送っていたのだろう。

橋爪は、膝頭に力が失われているのを感じ、枯草の上に腰を下した。

風が渡り、周囲に落葉が舞った。

かれは、カーフェリーらしい白い大型船が港に入ってくるのを、うつろな眼でながめていた。

あとがき

短篇を書くことはまことに苦しいが、私の生きる意味はそこにこそある、と思っている。厳冬の日に、滝に身を打たれるようなひきしまった気持になる。

絶えず神経を周囲に働かせて、格好な短篇の素材はないか、と探っている。考えに考えて絞り出す素材もあるし、偶然に耳にしたことを素材に書くこともある。

「鋏」は、大阪在住の篤志面接委員の方からきいた話をもとに書いたフィクションである。「白足袋」は、或る寺の墓石をつくる石材店主が、ふともらした一人の男の死についての感想が耳にこびりつき、筆をとった。

「霰ふる」は、能登半島の海ぞいの村で起った岩海苔採りの遭難死を報じた新聞記事の切抜きが、ヒントになった。私は、その村に足をむけ、事件を記憶している老婦人から話をきいた。私が訪れた日は激しい吹雪で、事件のあった村の前面の海にうかぶ島も荒波に洗われていた。

戦時中、私が通っていた中学校には、生徒たちを恐れさせていた教練の教官がいた。その配属将校を思い起しながら書いたのが、「果物籠」である。

「銀杏のある寺」は、昭和十八年に沈没した潜水艦の生存者をモデルにした創作だが、「飛行機雲」は、実際に私が経験したことで、いわば私小説の部類に入ると言っていいのだろう。

私には『逃亡』という長篇小説があるが、その主人公は実在の方で、今でも親しく付き合っている。「帰艦セズ」は、その方が私に提供してくれた資料に強い関心をいだき、書いた中篇小説である。第三者から小説になりはしないか、と素材をあたえられることはあるが、私の関心をひくものは皆無に近い。そうした意味からこの小説は、きわめて稀《まれ》な例と言える。

意識的にまたは無意識に、これらの小説の素材をあたえて下さった方々に感謝する。

吉村 昭

昭和六十三年初夏

解　説

梯《かけはし》　久美子

吉村昭氏の小説は常に、静かな声で語られる。戦争をテーマとする作品では、ときに無残な死が描かれるが、非日常の異様な状況や心理に迫るときも、決して声高になることはない。

あいまいなこと、大げさなこと、主情的なことを拒む吉村氏の文章の背後には、徹底した取材と調査にもとづく事実の探求がある。

吉村氏の取材の広さと深さ、とりわけ当事者に直接会って話を聞くことを重視する姿勢は、つとに知られるところである。それは、小説にリアリティを持たせるエピソードを拾う、というのとは根本的に違う。

当事者の談話を貴重な歴史の証言として受け止め、しかしすべてを鵜呑みにするのではなく、突き合せ、裏付けを取り、あらゆる角度から検討する。そこから作品を生み出すのが吉村氏のやり方なのである。

吉村氏はこう述べている。

〈記録は、人体にたとえれば骨格に似ている。それに肉をつけ血を通わせるのは、生存者の肉声しかない〉（『万年筆の旅 作家のノートⅡ』所収「眩い空と肉声」より）

私はノンフィクションを仕事にしており、戦争を題材にしたものもいくつか書いている。若い頃から吉村氏の作品を愛読していたが、この職業についたあとで改めて読むと、数行の記述であっても、その背後にどれだけの調査と取材があったかが推測できて、いつも圧倒される思いがする。

では、吉村氏の取材スタイルはどのようなものだったのか。随筆「一人で歩く」（『わたしの普段着』所収）で氏は、他人に調査を依頼することはせず、必ず自分自身で出かけていくと書いている。

吉村氏の担当編集者だったことがある作家の森史朗氏によれば、費用も原則、自弁だったそうだ（吉村昭記念文学館企画展図録『戦後75年 戦史の証言者たち――吉村昭が記録した戦争体験者の声』所収「吉村昭と戦史小説」より）。そして、取材にはいつもテープレコーダーを持参した。吉村氏の子息である吉村司氏はこう書いている。

〈母（筆者註・夫人で作家の津村節子氏）は録音機を基本回さない。自分の作品に有効となる情報はメモをすることで足りる、というのが持論だ。しかし、父の場合、取材帰宅後にテープを再生してみると、証言者達の感情の起伏や、微妙な表現はメモでは書き留めることが出来ないと強く自覚していた〉（同前「父と戦艦武蔵」より）

吉村氏は証言を何より大事にしたが、それは事実を掘り起こすためだけではなく、人間心理の複雑さ、不可思議さを知るためでもあった。そのために細かいニュアンスを逃すまいとしたのである。

実際の吉村氏の取材スタイルを垣間見ることができるのが、本書の表題作「帰艦セズ」である。この作品には、主人公に戦時中の話を聞きに来る小説家が登場するが、この人物のモデルは吉村氏自身である。

「あとがき」にあるように、「帰艦セズ」には先行する作品が存在する。一九七一（昭和四十六）年刊行の長編『逃亡』である。

太平洋戦争末期の一九四四（昭和十九）年、茨城県の霞ヶ浦航空隊の整備兵が、アメリカのスパイだった日本人にそそのかされ、軍用機を炎上させて脱走。国内に潜伏し、終戦まで生き延びる。小説で望月という名を与えられているこの脱走兵は実在する人物で、『逃亡』は吉村氏が彼に直接取材した事実がもとになっている。

『逃亡』の十五年後に書かれたのが「帰艦セズ」で、こちらでは元逃亡兵の男は橋爪という名を与えられている。今風の言い方をすればスピンオフということになるのだろうか、小説家の取材に応えて過去を話したあとで彼が経験したことが描かれている。「帰艦セズ」で橋爪に取材依頼の電話をかけてきた小説家は、ある人物から彼の過去を聞いたことを話し、「もしもそのことを話してくれる気があるならききたいが、迷惑なら二度と連絡はしない」と言う。逡巡の末に話す決心をした橋爪が家に来てほしいと電話をすると、翌日の夜、雨の中を訪ねてくるのである。

翌日、というところにリアリティがある。橋爪は、軍用機を炎上させて逃亡するという、妻にさえ隠し通してきた過去を話す気になってくれたのだ。その決心が揺るがないうちに、すぐに訪ねるしかない。

橋爪の家にやって来た小説家はアタッシェケースを携えている。新聞記者であれ小説家であれ、インタビューにきた者の鞄がアタッシェケースというのはいささか意外な感じがするが、それがかえって、この人物の持つ小説家らしからぬ雰囲気を読者に印象づける。

だがこれは小説的効果を狙ったわけではない。さきほど紹介した吉村氏の随筆「一人で歩く」には、『戦艦武蔵』の取材で長崎の船具を扱う店の店主を訪れた際、アタッシェケースを手にしていたためにセールスマンに間違えられて「間に合ってるよ」と追い払われた話が出てくる。「帰艦セズ」の小説家は、やはり自分自身の姿なのだ。

橋爪の家に上がった小説家は、突然電話をかけた無礼を詫びると、おもむろにテープレコーダーをテーブルの上に置いてノートをひろげる。子息が書いておられるように、テープレコーダーを回すのも吉村氏自身のスタイルである。

自分自身を登場人物の一人として、主人公である橋爪の視点から描いたこの作品は、吉村氏がどのようにして取材を進めていくかがわかる点でとても興味深い。

作中の小説家は、翌日、再びやってきて話を聞いたあとで、橋爪に向かってこう言う。

「あなたがお話しして下さったことを基礎に、小説を書かせていただくかも知れませんが、よろしいでしょうか。もしも御迷惑でしたら書きません」

この小説家は、最初に電話をかけたときにも、迷惑ならば二度と電話をしないと告げている。おそらくこれは、話を聞かせてもらった相手に、吉村氏が実際に言っていたことだったのだろう。ここからわかるのは、吉村氏が「書く」ということの暴力性を認識していたことである。

隠されていた史実を徹底した調査によって世に出す行為が、意義のあることであるのは言うまでもない。だが、事実というものは、ときに関係する人々の平安を破り、人間関係を損ない、心を傷つける。それでもなお、書くことが許されるのか。吉村氏の中には、絶えずその問いがあった。

元逃亡兵に話を聞きに行った話は、長編『逃亡』の冒頭にも出てくる。こちらは、小説家である「私」、つまり吉村氏側の視点から描かれる。そこで、最初に電話をしたときのことは、次のように書かれている。


私は、かれが受話器を手に立ちつくしている姿を想像した。

御迷惑ならばお話をうかがえなくとも結構です、再び電話はいたしません。でも、もしも話してよいというお気持がおありでしたら、拙宅に電話して下さい――

私には、それだけ言うのがやっとだった。受話器の中で、再び、はい、という声がした。私が、自宅の電話番号をつたえると、静かに受話器をおく音がきこえた。

罪深いことをしてしまった、と私は思った。はい、という言葉のひびきが重苦しく胸にわだかまった。私は、未知の男を闇の奥底から引き出してしまったことを悔いた。


赤の他人の人生に踏み込むことに逡巡するのは人として当然のことだ。それまで誰にも言わずにいたことを語らせること自体が暴力的であるし、さらにそれを文章にして世間に公表すれば、その人の人生を変えてしまうおそれがある。

だが、ものを書く人間の中には、軽々とそれをやってしまう者もいる。自分には、重要な事実を世の中に知らせる大義がある、書く人間にはそれが許されていると思ってしまうのだ。あるいは、普段は人一倍慎重であっても、これぞという事実を摑みかけたとき、それまで自分に課してきたラインを踏み越えてしまうことがある。自分の筆でこのことを書きたいという欲に負けてしまうのだ。ノンフィクションを書いている私には、そのことが身にしみてわかる。

だからこそ、吉村作品の節度と、その奥にある「事実を作品にすること」への畏れの感覚に深い敬意を抱くのだ。

「帰艦セズ」の橋爪は、戦時中に小樽の山中で死んだある機関兵の消息を追いかける。彼は橋爪と同じ逃亡兵だった。官給品である弁当箱を紛失してしまったことから、乗っていた巡洋艦に戻れず山中に隠れ住み、ひとり飢えて死んだのだった。

橋爪は調査のため、男の遺族を探す。資料から六軒に絞り、順に電話をかけていくと、ある家の電話に出た老女が「時夫は私の倅《せがれ》ですが、生きているのですか？」と、叫ぶように言う。遺骨が戻らなかったため、どこかで生きているかもしれないという一縷《いちる》の望みを捨てられずにいたのだ。

機関兵の死の真相は、無残で悲しいものだった。それを突きとめたあと、自分のしたことは果たして正しかったのかと橋爪は自問する。

一人の海軍機関兵の死因を探るため調査をしたが、それは結果的に遺族の悲しみをいやすどころか、新たな苦痛をあたえている。三十数年の歳月をへてようやく得られた一人の水兵の死の安らぎを、かき乱してしまったような罪の意識に似たものを感じていた。

多大な労力をかけて事実を発掘したあとで、眠らせておいたほうがよい事実もあるのではないかという気持ちになったことが、吉村氏にもあったにちがいない。遺族がかかわってくる戦争取材となるとなおさら、知ることが新たな苦しみとなる場合がある。

「あとがき」に「実際に私が経験したことで、いわば私小説の部類に入ると言っていい」とある「飛行機雲」という作品の底にも、事実をあばくことが人を傷つけることがあるという自覚と、書くことへの罪悪感が流れている。

ここにも遺族が登場する。夫の戦死を信じきれないまま戦後の二十六年間を生きてきた妻は、突然の電話に、「君塚は生きていたんですね、どこに生きていたんですか?」と声を上げる。「帰艦セズ」の老母と同じ反応である。吉村氏自身であると思われる小説家は、自分の調査結果が夫人の生きる支えを突きくずしたと思い、「未知の人に一つの大きな罪をおかした」と感じるのだ。

君塚というその軍人の死は、特殊情報班の中国人密偵の報告書によれば、斬首され、水田に遺棄されたというむごいものだった。それを作品の中に書けば、読んだ夫人は衝撃を受けるだろうと思い、小説家は逡巡する。

この作品には、書くべきか否かという迷いが直截に語られている部分がある。

私は、長い間ためらった。書くべきではないという思いと、戦争の実態を記すには勇気を持つべきで、君塚少佐もそれを望んでいるという思いが交叉した。後者の気持が私の背を押し、密偵の報告を書いた。

ここに書かれた交叉する二つの思いも、本当によくわかる。このときの小説家は書くことを選んだが、吉村氏には悩んだ末に書かないと決めた経験もきっとあったに違いない。

密偵の報告書の内容を作品に書いた小説家は、それを読んだ夫人から丁寧な手紙を受け取って安堵する。だがそのすぐあとで、夫人の気持ちをあれこれと推測し、やはり書くべきではなかったのではないかと後悔する。そしてその後も、心の揺れは長く続くのである。

揺れるということは誠実さの証しであり、ここに私が吉村作品を座右に置いて読み返す最大の理由がある。

歴史は人間と離れたところに存在するわけではなく、書く－書かれるという人間同士の関係は、作家にとって逃げてはならないテーマである。吉村氏はみずからの身を削りながら、出会った人たちと誠実に対峙してきたのだと思う。

吉村氏の作品と生き方から私が感じるのは「礼節」ということだ。事実への謙虚さ、人間への敬意、そして「書く」ということへの畏れ――それが、吉村作品が時代をこえて読み継がれている理由だと私は思っている。

（ノンフィクション作家）

文春文庫

帰《き》艦《かん》セズ

定価はカバーに
表示してあります

2023年7月10日　新装版第1刷

著　者　吉《よし》村《むら》　昭《あきら》

発行者　大沼貴之
発行所　株式会社　文藝春秋

東京都千代田区紀尾井町3-23　〒102-8008
TEL　03・3265・1211㈹
文藝春秋ホームページ　http://www.bunshun.co.jp
落丁、乱丁本は、お手数ですが小社製作部宛お送り下さい。送料小社負担でお取替致します。

印刷製本・凸版印刷
Printed in Japan
ISBN978-4-16-792071-5

文春文庫　最新刊

あだ討ち 柳橋の桜（二）　佐伯泰英
江戸で評判の女船頭に思わぬ悲劇が…シリーズ第二弾！

キリエのうた　岩井俊二
時代や社会に翻弄されながらも歌い続けた、少女の物語

冬芽の人　大沢在昌
心を鎖した元女刑事が愛する男のため孤独な闘いに挑む

二周目の恋　一穂ミチ　窪美澄　桜木紫乃　島本理生　遠田潤子　波木銅　綿矢りさ
恋心だけでない感情も…人気作家七人の豪華恋愛短篇集

その霊、幻覚です。 視える臨床心理士・泉宮一華の嘘　竹村優希
臨床心理士×心霊探偵の異色コンビが幽霊退治に奔走！

インビジブル　坂上泉
大阪市警視庁を揺るがす連続殺人に凸凹コンビが挑む！

魔女のいる珈琲店と4分33秒のタイムトラベルⅡ　太田紫織
過去を再び〝やり直す〟ため魔女の忠告に背く陽葵だが…

子ごころ親ごころ 藍千堂菓子噺　田牧大和
境遇が揺れ動く少女達の物語を初夏の上菓子三品が彩る

やさしい共犯、無欲な泥棒 珠玉短篇集　光原百合
尾道で書き続けた作家のミステリ等心温まる追悼短篇集

お順〈新装版〉上下　諸田玲子
勝海舟の妹で佐久間象山に嫁いだお順の、情熱的な生涯

帰艦セズ〈新装版〉　吉村昭
機関兵の死の謎とは？　人の生に潜む不条理を描く短篇集

信長の正体　本郷和人
ヒーローか並の大名か？　織田信長で知る歴史学の面白さ

パチンコ 上下　ミン・ジン・リー　池田真紀子訳
在日コリアン一家の苦闘を描き全世界で称賛された大作